보지 못하는 너에게,　　보이지 않는 내가

MUBO NO KIMI HE, HAKUSHI NO BOKU YORI

©Akira Ninomae 2024

First published in Japan in 2024 by KADOKAWA CORPORATION, Tokyo.
Korean translation rights arranged with KADOKAWA CORPORATION,
Tokyo through Danny Hong Agency.

보지 못하는
너에게, ———— 보이지 않는
내가

니노마에 아키라 지음
박정아 옮김

차
례

저주는 사랑을 닮았다고 한다.
상대를 간절하게 생각하는 것도,
원하는 모습으로 만드는 것도,
잠시도 잊지 못하고 몸부림치며 괴로워하는 것도.
무언가 간절하게 생각한다는 건 그 자체가 일종의 저주다.

그래서 너는 다시 내 앞에 나타났다.
얼굴 없는 너는 눈을 감은 채 내게 복수를 말했다.
서툴지만 계속 그리며 끝내 백지만 남은 날 알아봤다.
꽃처럼 웃고,
철저하게 복수하고,
꿋꿋하게 그리는 네게
나는 마음을 빼앗겼다.

그래서 나는 네가 보고 싶었다.

제
1
장

얼굴 없는 너

1

"있잖아, 아끼던 걸 잃어버렸는데 그걸 가진 사람을 만났다면 어떡할 거야?"

별안간 그런 질문이 날아든 것은 유키가 진로 희망 조사서의 빈칸을 물끄러미 바라보고 있을 때였다.

"정말 너무 소중해서 잃어버리면 안 되는 거. 그걸 가진 사람을 우연히 만난 거지. 그럴 때 너라면 어떡할래?"

엄숙한 말투에 진지함이 한껏 묻어나는 목소리. 두 사람밖에 없는 보건실에 낭랑하게 울려 퍼진 음성이 곧장 듣는 이의 귀에 가닿았다.

"그런 이상한 얘기 하면서 시간 낭비하실 거면 저 그냥 갈래요."

질문받은 쪽, 사하라 유키가 상대방은 쳐다보지도 않고 대꾸했다. 그러자 부연 연기가 깊은 한숨에 실려 시야 안으로 들어왔다.

"그냥 재미로 물어본 건데 그 정도도 못 맞춰주냐……. 아저씨 서럽다, 울어버릴 거야!"

"진로 희망 조사서 안 냈다고 남으라고 한 사람이 누군데 그래요!"

유키가 발끈하며 고개를 들자 조금 전까지 대화를 나눴던 상대, 기타니 마사노리가 서류 더미가 어지럽게 쌓인 책상 위에서 전자 담배를 손에 든 채 요란하게 웃었다.

"네가 그거 다 쓸 때까지 할 게 없잖아? 그러니까 심심풀이로 뭐라도 하는 거지."

"제 시간까지 심심풀이로 삼지는 마시라고요. 근데 그 이상한 책은 뭐예요?"

유키가 의아하다는 듯 바라본 기타니의 다른 손에는 초등학생 여자아이 캐리커처가 그려진 책 한 권 들려 있었다. 분홍색 표지에 알록달록한 팝아트 서체로 '적중률 100%! 신통방통 심리테스트!! 상대의 마음도 훤히 보여요!?'라고 쓰인 문구가 보였다.

"분실물. 교무실에는 둘 곳이 마땅치 않아서 보건실에서 관리하거든."

"누군지는 몰라도 뭐 하러 그런 걸 갖고 다닌대요?"

"그야 심심풀이지. 너도 하잖아?"

"심리테스트 같은 거 안 하는데요."

"그게 아니라 심심풀이 말이야. 저번에도 시간 남아돈다면서 시험지에 낙서까지 해놓고는."

"아니, 그걸 어떻게 아세요?"

유키가 불쾌하다는 듯 얼굴을 찌푸리자, 기타니가 존경하는 긴다이치 고스케(일본 소설가 요코미조 세이시의 추리소설에 등장하는 탐정으로, 더벅머리에 중절모를 쓴다―옮긴이 주)를 따라 했다는 곱슬머리를 유쾌하게 휘날렸다. 1년 내내 입고 다니는 흰 가운까지 더해져 겉보기에는 영락없이 한물간 괴짜 과학자 같지만, 이래 봬도 이 학교에서 보건의는 물론 상담과 학생 지도까지 겸하며 전천후로 활약하는 어엿한 공무원이다.

"그야 시험지도 같이 걷으니까. 그건 됐고 빨리 내기나 해. 가노 선생님한테 혼나는 건 나라고."

"가노 선생님께도 말했는데요, 이번에는 제출 못 한다고."

그렇게 말하며 유키는 '2학년 8반 사하라 유키'만 덩그러니 쓰여 있는, 여전히 백지상태인 종이로 시선을 떨구었다.

여름방학 전, 정확히는 기말고사 전에 나눠준 진로 희망 조사서. 히노야마 고등학교가 **자칭** 진학교(진로 지도가 너무 엄격하여 대학 진학률이 오히려 떨어지는 학교에 대한 일종의 멸칭이다-옮긴이 주)라고 괄시받는 이유 중 하나로, 생뚱맞게도 이곳 학생들은 진로 희망 조사서를 여름방학 시작 전에 제출해야 한다. 하지만 유키는 방학이 끝난 지금까지도 제출하지 않았다. 이 일로 유키의 담임인 가노가 기타니에게 도움을 청한 것이다.

"아, 그래? 그럼 오늘은 그만하자. 다음 주에 다시 쓰지 뭐."

그렇게 말한 기타니는 손을 휘휘 저으며 별일 아니라는 듯 전자 담배를 입에 물었다.

"제가 할 말은 아니지만, 그래도 돼요?"

"어차피 하교 때까지 안 내고 시간만 때울 생각이었잖아? 그럼 빨리 단념하는 게 서로한테 득이지."

시원하게 웃으며 말하는 그의 모습은 학생 입장을 헤아려 주는 너그러운 선생님 그 자체다. 실제로 여러 학생과 교사들 사이에서도 비슷한 평가를 받고 있다. 담배 연기만 뿜어대지 않으면 좋으련만.

"정작 할 말은 따로 있으면서, 괜히 이거 핑계로 남으라고 한 거잖아요?"

"혹시 너랑 나는 영혼의 단짝이 아닐까……!?"

"선생님이 맨날 의뭉스럽게 구니까 감이 점점 좋아졌을

뿐이에요. 하실 말씀이 뭔데요?"

기타니는 한바탕 연기를 내뿜더니 분위기를 바꾸려는 듯 온화한 미소를 지으며 말했다.

"방학 끝나고 너희 반에 전학생 한 명 왔지?"

"어? 저희 반에 전학생이……, 왔어!?"

유키가 놀란 듯 고개를 들자 기타니가 어깨를 축 늘어뜨렸다.

"자기 반 일인데 뭘 그렇게 놀라? 너 개학 첫날부터 땡땡이쳤지?"

"아뇨. 개학한 지 벌써 일주일 됐는데요. 교실에 전학생처럼 보이는 애도 없었고 애초에 아무도 그런 말 안 하던데요. 정말 전학생이 왔어요?"

유키는 지난 일주일간의 기억을 더듬어 보았지만 교실 자리는 그대로였다. 전학생처럼 보이는 애도 없었……, 을 것이다.

유키가 이 아저씨 또 쓸데없는 소리 하는 거 아냐? 라는 의심의 눈초리로 기타니를 쳐다보자 기타니는 "답답하네"라고 투덜거리며 전자 담배를 쥐지 않은 손을 내저었다.

"왔다니까. 학교에는 매일 와. 오늘도 왔고."

"진짜요? 어디 있는데요?"

"학생 지도실. 틈만 나면 뜬금없이 땡땡이치는 너보다 훨씬 학교에 잘 나오는 애야."

"쳇······."

허를 찔린 유키가 고개를 돌리자 장난기가 동했는지 기타니가 목소리를 한층 높이며 상체를 유키 쪽으로 들이밀었다.

"대체 학교 땡땡이치고 뭐 하는데? 이 아저씨한테 말 좀 해주지?"

"그런 건 왜 묻는데요? 사람 기분 나쁘게."

"뭐, 네가 즐겁다면야 상관없지만. 땡땡이는 재밌어야 하니까. 죄책감 느끼면서 할 바에는 관두는 게 나아. 남는 게 요만큼도 없거든."

줄줄 읊어대는 기타니의 땡땡이 이론에 유키는 한숨을 내쉬었다.

"재미 따위 하나도 없어요. 어차피 다 심심풀이라고요."

학교에 가는 의미도 모르겠고 의욕도 없으니 땡땡이나 치는 것뿐이라는 유키의 염세적인 발언에 기타니는 후후, 콧소리를 내며 웃었다.

"너한테는 좋은 소식이네. 이제 심심하다고 푸념할 시간도 없을걸."

"무슨 소리세요? 그 전학생 만나서 친해져 보라는 말이라도 하시려고요?"

"오오, 맞아."

"네?"

"널 만나고 싶대. 그 전학생이."

기타니의 말에 유키가 눈을 끔벅거리며 물었다.

"……왜요?"

"초등학생 때 같이 그림 교실 다녔다던데."

"그게……, 무슨. 엥? 그림 교실?"

"응, 미스미라고 하면 기억나려나?"

미스미라는 이름에 유키의 눈이 동그래졌다.

더는 만날 수 없을 거라 여기며, 추억의 서랍에 살포시 넣어둔 존재였다.

빛바랜 채 먼지를 뒤집어쓰고 있던 기억이 복잡다단한 감정과 함께 빠른 속도로 떠올랐다.

"안 만날래요."

유키는 자기도 모르게 거절했다.

"왜? 보고 싶지 않을 만큼 이상한 애야?"

"인기 많았어요. 그림도 잘 그리고 성격도 밝아서 모두를 아우르는 친구였고요. 동경했죠. 그리고 아마……, 제 첫사랑일걸요."

돌이켜 보면 그랬던 것 같다고, 지나간 일이기에 말할 수 있다는 유키의 고백에 기타니는 노골적으로 반색하며 말했다.

"오오오, 정말이야? 첫사랑과 재회라니, 그거 낭만적인데에!"

"다 지나간 일인데 낭만은 무슨 낭만이에요? 그리고 전 안 만난다고 했어요."

"아하하, 막판에 대판 싸우고 헤어지기라도 한 거야? 다시 보기 껄끄러울 만큼?"

잔뜩 흥분한 기타니의 목소리에 유키는 코웃음을 쳤다.

"송별회 겸 생일 파티까지 성대하게 치러서 보내줬어요. 선물 주니까 좋아서 눈물까지 흘리던데요."

"아주 원만하게 헤어졌네. 근데 왜?"

"지금 제가 사람 얼굴을 못 알아보잖아요. ……이런 상태로는 아무리 얼버무려도 금세 탄로 날 거예요."

유키가 백지상태인 진로 희망 조사서를 내려다보며 예상되는 현실을 말하자 신음 섞인 한숨 소리가 들렸다.

"어이, 불량 학생. 안 들키니까 신경 쓰지 마. 남자는 3일만 안 만나도 몰라보게 달라진다잖아(《삼국지연의》에서 유래한 고사 '사별삼일 즉당괄목상대士別三日 卽當刮目相對'를 변형한 말. 선비는 헤어진 지 사흘이 지나면 눈을 비비고 다시 봐야 할 정도로 달라져야 한다는 뜻이다-옮긴이 주). 여자는 두 시간이면 딴사람이 되고."

"그건 화장하는 데 걸리는 시간이겠죠. 저도 한 시간이면 다 들킬걸요."

"비슷한 친구끼리 좋잖아. 아, 맞다."

기타니는 갑자기 생각났다는 듯 손목시계를 들여다봤다.

"지금 이러고 있을 때가 아닌데. 시간 됐다."

"네?"

"실은 미스미랑 약속 잡아놨거든. 4시 반에."

"진짜요!?"

유키가 획 고개를 돌려 벽시계를 쳐다봤다. 현재 시각은 4시 하고도 29분이었다.

"장난해요? 지금 가도 늦잖아요!"

"그러니까 누가 진로 희망 조사서 안 쓰고 꾸물대래? 그래도 만날 생각은 있구나?"

"전 선생님처럼 그렇게 물렁하지 않다고요!"

"야, 나도 평소에는 정확한 사람이거든. 그냥 오늘만 좀 까먹은 거야."

"그 말만 벌써 몇 번째인 줄 아세요?"

"바보냐, 내가 그걸 어떻게 알아?"

"으휴!!"

유키가 허둥지둥 가방을 싸서 일어나려는데, 별안간 기타니가 유키를 불러 세웠다.

"잠깐만."

유키가 고개를 돌리자 커다란 가죽끈과 투명 막대가 달린 열쇠가 날아왔다. 잽싸게 받아서 살펴보니 막대에 '학생 지도실'이라고 쓰인 견출지가 붙어 있었다.

"갖고 가. 들어가기 전에 노크하는 거 잊지 말고."

"네? ……네."

기타니는 어리둥절한 얼굴로 걸음을 내딛는 유키의 등에 대고 말했다.

"아까도 말했지만, 사람은 누구나 살면서 변하기 마련이야. 미스미도 예외는 아니고."

"그게 무슨 말이에요? 미스미가 그렇게 많이 변했어요?"

유키가 상반신만 돌린 채 의미를 캐묻자 기타니는 "그래"라며 고개를 끄덕였다.

"본인 말을 빌리자면, 지금 미스미는 '얼굴이 없는' 상태야."

그 말과 동시에 뿜어져 나온 담배 연기가 이내 공기 중으로 흩어졌다.

2

유키가 학생 지도실 앞에 도착한 시각은 4시 34분. 완전히 지각이었다.

"얼굴이 없다는 게 무슨 소리야. 아직도 중2병이 안 나은 거야?"

조금 전 들은 의미심장한 표현이 계속 유키의 머릿속을 맴돌았다. 아무리 사정을 물어도 기타니는 무조건 가보면 안다고, 늦었으니 서두르라며 엉덩이를 걷어차다시피 해서는 그를 보건실 밖으로 내쫓았다.

유키는 한 차례 심호흡한 뒤 문을 바라봤다. 그리고 그 너머에 있을 존재에 대해 생각했다.

어떻게 변했을까?

미스미가 이사 간 지 벌써 6년이 넘었다.

이제는 기억도 가물가물하지만, 송별회에서 초상화와 꽃 모양의 머리핀을 건넸을 때 울먹이며 기뻐하던 모습 그리고 그 자리에서 나눈 약속만큼은 똑똑히 기억하고 있었다.

활발하고 누구에게나 스스럼없이 대하던 미스미는 지금 어떻게 변했을까?

기타니가 한 말도 그렇고, 변해버린 자신을 생각하니 이내 기분이 울적해졌다. 하지만 미스미는 어릴 적 모습 그대로 잘 자랐거나 장점이 더 좋아졌을 수도 있다.

어쨌든 이 문을 두드려야 알 수 있다.

유키는 마음을 굳게 먹고 한 번 더 심호흡한 뒤 노크했다.

"네."

문 너머에서 딱 소녀라고 할 만한 목소리가 들려왔다.

"기타니 선생님이 보내서 왔는데요. 들어가도 될, 까?"

"들어오세요."

그런데 손잡이를 돌리자 철컥하고 뭔가가 걸리는 느낌이 들었다. 그제야 기타니가 준 열쇠가 떠올랐다. 도대체 문은 왜 잠근 거야. 유키는 의아한 마음으로 열쇠를 꽂고 천천히 문을 열었다.

"실례합니다……."

안에는 긴 책상과 의자 두 개 외에 기본적인 집기조차 없었다. 그저 문 옆에 학교 자료로 보이는 종이상자 몇 개 그리고 안쪽에 책가방과 하얀 지팡이가 놓여 있는 정도였다. 가로놓인 긴 책상 너머로 한 여학생이 유키 쪽을 등진 채 앉아 있었다. 길게 늘어뜨린 검은 머리카락이 유독 눈길을 끌었다.

"열쇠를."

소녀가 불쑥 몸을 반쯤 돌렸다.

"어?"

멍하니 있다가 말을 놓친 유키가 얼떨결에 되묻자 소녀가 작지만 또렷한 목소리로 대답했다.

"문 좀 잠가주시겠어요?"

"문? 아, 응."

유키는 소녀의 말대로 문을 잠갔다. 그때 바깥에서 누군 가 뛰어가는 발소리가 들렸다.

소녀는 그 소리에 귀를 기울이다 발소리가 멀어지자 그 제야 입을 열었다.

"고마워요. 별로 다른 사람 눈에 띄고 싶지 않아서."

그렇게 말하며 뒤돌아선 소녀의 모습에 유키는 눈이 휘 둥그레졌다.

소녀는 눈을 감고 있었다.

"기타니 선생님한테 얘기 들었겠지만……, 오랜만이에 요. 유키 군."

"오랜만이야……, 사야카."

다시 만난 소녀의 모습에 유키는 적잖이 당황했다. 말투 에 당혹스러움이 묻어났는지 사야카가 고개를 갸웃했다.

"무슨 일 있어요? 아, 역시 긴장했나요?"

"응, 긴장도 했고, 여러 가지로 좀 놀라서."

유키는 마음을 가라앉히려고 의자에 앉았다. 그 소리를 듣고 사야카도 자리에 앉았다.

"여러 가지라뇨?"

"병이 다 나았구나 싶어서."

"이사 온 건 최근이지만 병은 1년쯤 전에 다 나았어요."

"동갑인 것도 몰랐어."

"그 나이 때는 여자가 발육이 더 좋으니까 충분히 착각할 만해요."

"발육 때문이라기보다 넌 애들을 잘 챙겼잖아. 당연히 연상일 줄 알았어."

사야카는 그림 교실에 다니던 애들에게는 큰누나 같은 존재였고, 유키에게는 동경의 대상이었다. 하지만 어느 날 난치병에 걸리는 바람에 전문 요양 시설이 있다는 다른 지역으로 이사를 가버렸다. 그 후로 6년이라는 시간이 흘렀다.

"……변했다. 많이."

눈앞에 앉아 있는 사야카를 보니 역시 그런 생각이 들었다.

"그래요? 저는 별로 바뀐 게 없는 거 같은데……. 구체적으로 어떻게 변했어요?"

사야카가 고개를 갸웃하자 유키가 옛 기억을 떠올리며 대답했다.

"분위기가 차분해졌어. 전에는 더 활동적이었던 거 같은데."

그 시절 사야카는 반짝반짝 빛나는 눈동자로 언제나 깔깔거리며 웃고 있었다. 하지만 지금 앞에 있는 소녀는 눈을 내리깔고 연분홍색 입술을 꼭 다문 채 살얼음처럼 굳은 표정을 짓고 있었다.

"그리고 목소리, 아니 말투라고 해야 하나? 예전에는 옆에 있으면 작은 북이 둥둥 울리는 거 같았는데 지금은 작은 새가 지저귀는 거 같아."

"후후, 그거 다행이네요."

갑자기 사야카가 웃었다. 수채화로 그린 꽃처럼 희끄무레하고 덧없는 미소였다.

분위기는 바뀌었지만 어쨌든 가녀린 건 여전했다.

"……그리고 눈을 감고 있는 것도. 후유증 같은 거야?"

물어도 될지 순간 망설였지만 묻지 않는 것도 이상할 것 같았다.

태양처럼 활기차던 사야카는 이제 불면 쓰러질 듯 연약해져 있었다. 유키가 아마도 후유증으로 보이는 변화를 언급하자 사야카는 아아, 하며 대답했다.

"병 때문은 아니에요. 전혀 무관한 것도 아니지만. 눈이 나쁜 건 아니고 그냥 사람하고 얼굴을 마주할 수가 없어요."

"……사람하고 얼굴을?"

"그래서 다른 사람과 있을 때는 이렇게 눈을 감거나 안대를 써요. 존댓말도 상대가 누군지 모르니까 일단 예의를 갖추려고 쓰기 시작한 건데 언제부턴가 버릇이 됐어요."

"계속 눈 감고 있으려면 힘들겠다."

"익숙해지면 그렇지도 않아요. 사람이 없다는 걸 알면 눈을 뜰 수도 있고요."

말투는 담담했지만 분명 자신은 상상도 할 수 없는 고통이 있었을 거라고 유키는 생각했다.

"그렇구나. 일이 많았네."

이제 막 재회한 상황에서 그간의 사정을 캐묻는 것도 실례 같아 유키는 적당히 말끝을 흐릴 수밖에 없었다. 6년이라는 세월은 서로를 바꿔놓고도 남을 기간인 듯했다.

"근데 그 머리핀은 아직도 하고 다니네."

사야카가 왼쪽 머리에 꽂은 여름 동백꽃 모양의 하얀 머리핀.

유키는 송별회 당시, 겨울의 추위를 뚫고 피어나는 대단한 꽃이 여름에 피는 건 더 대단하다며 사야카다운 이유로 좋아하던 여름 동백꽃 모양 머리핀을 선물로 주었다. 색이 바랜 건 오랜 기간 써왔다는 증거일 것이다.

"그야, 소중한 거니까요."

사야카는 머리핀을 만지작거리며 뭔가를 그리워하듯 말했다.

변하지 않은 것도 있다는 사실에 유키는 기뻤다.

"그건 그렇고 굉장한 우연이다. 연락처 교환도 안 했는데 같은 고등학교로 전학을 오다니."

유키의 말에 사야카는 천천히 고개를 가로저었다.

"우연이 아니에요."

"뭐?"

유키가 멈칫하자 사야카가 말했다.

"〈1만 2000킬로미터의 여로〉."

유키는 눈을 동그랗게 떴다.

사야카의 입에서 그 작품명이 나올 줄은 몰랐다.

"전고제에 출품된 작품 소개란에서 유키 군의 이름과 학교명을 봤어요."

전고제. 정식 명칭은 '전국 고등학교 종합 예술제'다. 전국 고등학교 문예부끼리 벌이는 대항전 성격의 예술제로, 사실상 전국 대회다. 사하라 유키가 그린 〈1만 2000킬로미터의 여로〉는 작년 현縣 대회에서 뽑혀 전고제에 출품된 작품이었다.

"그걸 보고 꼭 이 학교에 와야겠다고 결심했어요. 유키 군이라면 제 부탁을 들어줄 거 같아서."

"부탁?"

그렇게 물으면서도 반쯤은 짐작이 갔다.

6년 전, 두 사람은 약속했다. 다시 만나면 함께 그림을 그리자고. 유키가 울먹이며 건넨 그림과 꽃다발이 구겨지는 것도 아랑곳하지 않은 채 두 사람은 서로의 손을 잡고 맹세

했다.

이내 추억에 잠긴 유키를 향해, 사야카가 작게 숨을 들이쉬더니 대뜸 이렇게 말했다.

"제 복수를 도와줄래요?"

3

다음 날, 방과 후.

어제 일을 들려달라는 기타니의 부탁에 유키는 보건실을 찾았다.

"어땠어? 간만의 재회였는데 분위기는 좋았어?"

어제부터 냉방을 틀기 시작한 보건실에서 기타니는 전원을 켜지 않은 전자 담배를 펜처럼 손가락으로 돌리며 물었다.

"너무 좋아서 하마터면 절교할 뻔했어요."

"무슨 일이 있긴 했네. 어땠길래?"

기타니는 맥없이 창가에 기댄 유키를 보며 재촉했다.

하지만 유키는 신음하듯 한숨만 내쉴 뿐 아무 말이 없었다.

어떻게 대답해야 할지 도무지 감이 오지 않았다.

"야야, 괜히 시간 끌지 말고 얘기 좀 해봐. 뭔 일이 있던 건데?"

"무슨 일이 있었다고 해야 할지……."

유키는 미간을 찌푸리며 어제의 대화를 곱씹었다.

어쨌든 있는 그대로 얘기할 수밖에 없었다.

❀ ❀ ❀

"제 복수를 도와줄래요?"

그 말에 유키는 아……, 하며 앓는 소리를 냈다.

"문과라서 이과 쪽은 별 도움이 안 될 텐데……."

"복습(일본어로 복습과 복수는 발음이 같다-옮긴이 주) 말고, 복수요. 문과라면서 이해력이 안 좋네요. 친구하고 말은 잘 통해요?"

"잘못 들은 건가 싶어서 잠깐 멍했을 뿐이야!"

뜬금없는 핀잔에 유키는 인상을 썼다. 아무래도 잘못 들은 게 아닌 모양이었다.

"근데 복수라니, 무슨 복수? 범죄에 말려들 생각은 없어."

"범죄라니, 그런 위험한 짓은 안 해요. 제가 하려는 건, 이거예요."

그렇게 말하며 사야카는 A4 크기의 스케치북을 꺼내 들었다.

"편하게 넘겨보세요."

"그럼 안 볼래."

"그건 안 돼요."

"그럼 편한 게 아니잖아?"

"그렇네요."

예고 없이 치고 들어온 사야카의 미소에도 유키는 최대한 근엄한 표정을 지으며 스케치북을 건네받았다. 하지만 표지를 넘긴 순간, 유키의 안색은 당혹감으로 급변했다. 페이지를 넘기는 손길이 점차 빨라지더니 끝내는 스케치북을 덮으며 얕은 한숨까지 내쉬었다.

"이게 다 뭐야?"

"다 봤어요?"

눈으로 확인하지 못하는 사야카의 질문에 유키는 반문으로 답했다.

"이런 말 하기는 좀 그렇지만……, 왜 이렇게 못 그린 거야?"

별안간 코웃음 치는 소리가 들렸다.

"또 같은 소릴 들었네요."

"또 들었다고? 내가 너한테 못 그린다고 한 적 있어? 오히려 나보다 훨씬 잘 그렸잖아?"

유키가 갸웃하자 사야카는 천천히 고개를 저었다.

"기억 안 나면 하는 수 없죠……. 그래서, 어떤 게 그렇게 못 그렸는데요?"

"전부 다. 여기 있는 그림 전부."

유키가 구길 듯이 가장자리를 꼭 쥐고 있는 스케치북. 표지에 유성펜으로 '인물 연습 No. 4'라고 적어 넣은 그 스케치북에는 말 그대로 인물 데생이 가득했다.

문제는 서툰 데생 밑에 어제 날짜가 적혀 있다는 것이었다.

"말이 너무 심하잖아요. 누구든 미숙한 시기는 있는 법인데."

"입문자라면 그렇겠지. 하지만 넌 그린 지 10년도 더 됐잖아. 내가 동경하던 미스미 사야카는 어디로 간 거야?"

그림은 궁극적으로 잘하고 못하고의 개념이 없다. 하지만 그림의 기본이자 뼈대가 되는 데생은 '숙련도'를 가르는 명확한 기준이 있다. 스케치북 속 데생은 형편없는 수준은 아니었지만, 과거 유키가 동경하던 사람이 그렸다고는 믿기 힘들었다.

당연히 유키는 사야카가 자신의 발언을 반박하고 나올 거라고 예상했다. 하지만 사야카는 수채화 같은 미소를 지으며 말했다.

"유키 군, 그건 환상이에요."

"환상?"

뜻밖의 대답에 유키가 의아해하자 사야카는 어린아이 타이르듯 천천히 말했다.

"여기서 문제. 우리가 함께 그림을 그린 게 몇 살 때까지였죠?"

"……열 살쯤이었을 텐데."

"정답."

유키의 대답에 사야카는 일단 고개를 끄덕이더니 본래의 말투로 돌아왔다.

"그 말인즉슨 유키 군이 동경하던 미스미 사야카는 '초등학생치고는 그림을 잘 그리는 친구'였다는 뜻이에요. 게다가 제가 본격적으로 다시 그리기 시작한 건 1년 전이고요."

"1년 전이라니……."

"요양 기간에는 놀이쯤으로 생각하며 그렸었어요. 그것도 인물화는 빼고요. 즉 제 인물화 실력은 초등학생 수준이나 다름없어요. 그렇게 생각하면 이 어설픈 데생도 이해가 가죠?"

사야카의 대답에 유키는 다시 스케치북으로 눈을 돌렸다.

논리 자체는 이해가 갔지만 어설프게 그어 내려간 선을 보고 있자니 뭔가 석연치 않았다.

"그래도 유키 군은 저와 달리 계속 그리고 있었네요. 대단해요. 전고제에 출품할 정도로 실력도 출중하고."

자기 얘기가 나오자 유키는 스케치북을 사야카 앞으로 돌려놓으며 부정하듯 고개를 가로저었다.

"그거 그린 사람, 나 아니야. 밑그림은 내가 그렸지만, 그 것도 중학생 때고 채색해서 완성한 건 다른 사람이야."

"아니⋯⋯, 하지만 유키 군 이름으로 출품됐잖아요?"

갑작스러운 유키의 고백에 사야카는 동요를 감추지 못 했다.

"완성한 사람이 제멋대로 내 이름으로 공모전에 낸 거야. 그게 하필 수상으로 이어졌고, 어영부영하다 전고제 출품 까지 결정된 거지."

"그럼⋯⋯, 유키 군은 본인 그림을 출품할 생각이 없었나 요?"

"응, 없었어."

"왜요?"

사야카의 물음에 유키는 잠시 숨을 멈추었다가 대답과 동시에 내쉬었다.

"그땐 이미 그림을 관뒀으니까."

멀리서 땡, 하고 공을 때리는 시원한 야구방망이 소리가 들렸다.

"내가 보기엔 사야카가 훨씬 대단해."

"왜요?"

"계속 그리는 게 훨씬 대단한 일이니까."

두 사람 사이에 잠시 침묵이 흘렀다.

"……유키 군은 그림이 싫어졌나요?"

"글쎄, 잘 모르겠어."

유키는 자신의 손바닥을 응시했다. 희미하게 굳은살이 박인 손. 점점 옅어지는 굳은살을 보며 아무렇지 않다면 거짓말이다.

"어쨌든 그래서 네 복수는 도와줄 수 없어. ……미안."

곤혹스러워하는 유키와 달리 사야카는 후후, 하고 웃음을 터뜨렸다.

"괜찮아요. 유키 군은 **가만히** 있으면 되니까."

"무슨 소리야? 방금 복수를 도와달라며?"

유키가 황당한 듯 반문하자 사야카는 긴 책상 위로 더듬더듬 손을 뻗어 스케치북을 집더니 가슴 앞으로 가져가며 이렇게 말했다.

"유키 군이 제 데생 모델이 돼줬으면 해요."

"……왜?"

"인물화를 그리고 싶어요. 그런데 인체를 그려본 적이 거의 없는 데다 요양 중에 이렇게 돼버려서요."

사야카는 대수롭지 않다는 듯 말하며 자신의 감긴 두 눈을 가리켰다.

"그렇다 보니 그림을 그리기 위해서 사람 몸을 관찰한 적이 거의 없어요. 그림이나 사진으로도 볼 수 있지만 한계가 있잖아요. 그래서……."

"아니, 그게 아니라."

유키가 사야카의 말을 가로막으며 물었다.

"사야카가 날 데생 모델로 삼고 싶은 이유는 알겠어. 내가 묻고 싶은 건 그게 왜 복수가 되냐는 거야."

사야카는 순간 고개를 숙였다 다시 들었다. 아무리 애를 써도 옅어지지 않는 감정이 녹진하게 묻어나는, 고혹적이면서도 서늘한 미소를 짓고 있었다.

"단순해요. 이게 제 복수거든요."

스케치북을 다시 앞으로 내밀며 사야카가 말했다.

"이거라면……, 그림 그리는 게?"

"완성하는 거요. 오직 그것만 바라보며 여기까지 왔어요."

"그것만 바라봤다니, 끝나면 어쩔 생각인데?"

"그건 끝났을 때 생각할래요. 그러니 빨리 끝낼 수 있게 제 데생 모델이 돼줄래요?"

사야카의 제안에 유키는 머뭇거렸다.

"……미안, 지금 당장 답하기는 힘들어. 시간을 좀 줘."

무턱대고 수락할 수는 없었다. 유키는 일어서며 머리를 흔들었다.

악몽을 꿨다 치고 다 잊어버리고 싶었다.

하지만 유키가 문으로 향하려는 찰나, 등 뒤에서 사야카의 목소리가 들렸다.

"6년 전 약속, 기억해요?"

돌아보니 사야카는 금방이라도 울 것 같은, 엷은 미소를 짓고 있었다.

밀려드는 감정에 입술을 깨물며 유키는 겨우 대답했다.

"……돌아오면 같이 그림을 그리자고 했지."

"후후, 기억하고 있어서 다행이에요."

유키가 다시 문 쪽으로 걸음을 내딛자 사야카가 말했다.

"하루 동안 생각해 보세요."

✿ ✿ ✿

"아, 내가 미스미 상태를 얘기 안 했구나?"

"의미심장한 표정으로 가보면 안다고만 했잖아요. 솔직히 짜증 났어요. 참고로 지금도 짜증 나고요."

"그건 미안하게 됐네."

기타니는 미안한 기색이라고는 전혀 없는 얼굴로 씽긋 웃었다. 그 모습을 보고 있자니 유키는 한숨만 나왔다.

"미스미는 어떤 상태예요? 진짜 앞을 못 보는 건 아니라던데."

"물론 보이지. 시력은 멀쩡할걸."

"그럼, 왜 그런 거예요?"

"심인성 행동 장애."

불쑥 날아든 단어에 유키가 멈칫하자 기타니가 메모를 적어 건넸다. 메모에는 한자로 '심인성 행동 장애'라고 쓰여 있었다.

"무슨 뜻인지는 알지?"

"당연하죠. 심인성에 따른 행동 장애라는 거잖아요."

"야야, 정말 아는 거 맞아?"

마음에 입은 상처 때문에 과거에는 가능했던 행동이 불가능해지는 증상이라는 것 정도지만, 어쨌든 무슨 병인지는 정확히 알고 있었다.

"미스미는 다른 사람과 마주 보지 못하니까 당연히 얼굴도 못 보겠죠. 그래서 '얼굴이 없다'고 한 거 아니에요?"

"응, 그런 게 아닐까 싶어."

"그런 게 아닐까, 라니. 그렇게 대충……."

"나도 미스미한테 듣기만 했지, 진단서 같은 걸 확인한 건 아냐. 그 친구 특유의 분위기 때문에 에둘러 묻지도 못했다니까."

유키는 문득 어제 본 사야카의 모습을 떠올렸다. 살포시 눈을 감은 채 '복수'라는 말을 입에 담던 그 모습은 다른 기억을 모두 지우고도 남을 만큼 강렬했다.

아니면 감은 눈 때문에 그런 분위기가 나는 걸까?

유키가 한참 그런 생각에 골몰해 있는데 기타니가 대뜸 물었다.

"그럼, 이제 어떡할 거야?"

"어떡하다뇨? 뭘요?"

"모델이 돼달라는 거 말이야. 개인적으로는 네가 맡아줬으면 좋겠는데. 실은 네가 안 해주면 곤란해."

"네? 선생님이 왜 곤란해요?"

기타니는 의아해하는 유키를 응시한 채 입꼬리를 실룩거렸다.

마치 유키가 그렇게 묻기를 기다렸다는 듯이.

아니, 기다렸을 것이다.

이윽고 기타니는 실룩거리는 입으로 유키의 인생을 뒤바꿀 한마디를 내뱉었다.

"미스미, 학교 그만둘 생각이야."

유키는 학생 지도실 문손잡이를 돌렸다. 하지만 이내 굳게 잠긴 걸 확인하고는 신음을 내뱉으며 열쇠로 문을 열었다. 안으로 들어서니 검은 머리의 소녀가 유키 쪽으로 고개를 돌렸다.

"일단 좀 물어볼게요. 누구세요?"

"나야, 사하라 유키."

유키의 단답형 대답에 눈을 감고 있던 소녀가 여유롭게 고개를 젖히며 머리카락을 넘겼다.

마치 한 폭의 그림 같았다.

"그래서 마음의 결정은 했나요? 유키 군."

사야카가 단도직입적으로 묻자 유키는 크게 한숨을 내쉬고는 결심을 굳힌 듯 대답했다.

"할게. 한다고. 내가 모델이 돼준다고."

"……그렇군요. 고마워요, 정말로."

"복수인지 뭔지 그걸 도와주겠다는 게 아니야. 인물화 완성을 돕겠다는 것뿐이야."

"네, 그걸로 충분해요."

사야카는 한층 밝아진 표정으로 고개를 숙였다. 평소에 짓던 희미한 미소와는 달리 안도감에서 우러난, 진심 어린 미소였다. 하지만 지금 유키는 어떤 미소를 봐도 불만스러울 뿐이었다.

"처음부터 다른 선택지는 없었어. 맞지? 기타니 선생님하고 작당해서 날 끌어들인 거잖아?"

"작당하다뇨? 제가 언제요?"

"내가 모델 제안을 수락하지 않으면 학교 그만둘 생각이었다며?"

"그건, 이런 부탁을 할 수 있는 사람이 유키 군밖에 없기도 했고."

"그런 이유로 다른 사람한테 십자가 지우지 마. 난 선량한 보통 학생이라고."

"딱히 십자가를 지울 생각은 아니었는데……."

사야카는 흐음, 하고 당황스럽다는 듯 집게손가락을 볼에 갖다 댔다. 그러다 문득 어떤 생각이 떠올랐는지 손뼉을 치며 "그럼" 하고 말을 꺼냈다.

"제가 학교를 그만두지 않으면요?"

"뭐?"

당황하는 유키 앞에서 사야카는 담담하게 말했다.

"감사하게도 출석은 학교에서 특별히 편의를 봐주고 있고, 늦게 치르긴 했지만 시험 성적도 문제 되지 않을 수준은 유지하고 있으니 졸업 걱정은 전혀 없어요. 이대로 등교만 계속하면 무사히 졸업은 할 수 있을 거예요."

"응……. 그런데?"

"아까 유키 군이 말했던 '십자가를 질 가능성'이 사라져도 과연 모델 제의를 수락할지 궁금해서요. 내가 학교를 그만두지 않으면 모델 제안은 거절인가요?"

보이지 않을 텐데도 사야카의 얼굴은 유키 쪽을 향하고 있었다.

유키는 사야카가 왜 그런 만약의 상황을 가정하는 건지 진의를 헤아릴 수 없었다. 자못 진지한 얼굴로 머리를 굴려 봤지만, 짐작조차 가지 않자 유키는 생각하기를 포기하고 솔직하게 대답했다.

"……아니, 그래도 수락할 거야."

"왜요?"

"왜냐면……, 어떻게 그리는지 보고 싶으니까?"

유키의 답변에 사야카의 표정이 확 굳어졌다가 이내 풀리는가 싶더니 별안간 웃음을 터뜨렸다. 본인도 민망했는지 냉큼 양손으로 입을 가렸지만 새어 나오는 웃음을 참지 못한 채 킥킥거렸다.

그 모습에 유키는 잠시 사야카의 어린 시절을 떠올렸다. 해바라기처럼 천진난만했던 미소.

하지만 그녀의 느닷없는 박장대소는 솔직히 좀 무서웠다. 유키는 그저 사야카의 웃음이 잦아들기를 기다릴 수밖에 없었다.

"후……. 정말 유키 군답네요."

사야카는 겨우 한숨 돌린 후, 눈가에 맺힌 눈물을 닦으며 그렇게 말했다.

"무슨 뜻이야?"

"안심했단 소리예요. 제 앞에 있는 사람이 정말 유키 군이 맞는 것 같아서."

"……그건 다행이네."

유키는 인상을 쓰며 고개를 돌렸다. 발그레해졌을 유키의 볼을 사야카가 볼 수 없는 것이 다행인지 불행인지 아직은 알 수 없었다.

이렇게 해서 두 사람의 데생이 시작되었다.

4

"모델이 되어주는 건 상관없지만, 사람 얼굴을 못 쳐다보는데 데생이 가능하겠어?"

이런저런 우여곡절 끝에 겨우 데생을 시작하려는데, 불현듯 유키의 머릿속에 어제 사야카가 했던 말이 떠올랐다.

'그림을 그리기 위해서 사람 몸을 관찰한 적이 거의 없어요. 그림이나 사진으로도 볼 수 있지만 한계가 있잖아요. 그래서……'

얼굴을 보는 순간 정신을 잃는다면 애초에 그림이나 사

진도 소용없기는 마찬가지다. 하물며 실제 사람을 그린다니, 말도 안 되는 일이다. 하지만 사야카는 천천히 고개를 저으며 대답했다.

"가능해요. 이걸 써주세요."

그렇게 말하며 사야카가 건넨 것은 평범한 안대였다.

"웬 안대?"

"얼굴을 못 본다고 했지만 실은 눈만 안 보면 괜찮아요."

"그러니까 정확히 말해서 '눈을 못 맞춘다'는 소리야?"

"네, 그런 셈이죠."

"뭐, 눈빛만으로도 많은 게 전달되니……. 아니, 잠깐."

상황을 이해한 것도 잠시, 유키는 중요한 사실을 깨닫고는 목소리를 높였다.

"그러면 네가 어떻게 그리는지 못 보잖아! 반대야, 데생 반대라고! 나 안 해!"

일부러 큰 소리로 호들갑을 떠는 유키를 보며 사야카가 나지막이 중얼거렸다.

"그럼, 학교 그만둬야죠, 뭐. 이제 큰일이네……."

"으이구……. 알았어, 알았다고! 하면 되잖아!"

"후후, 고마워요. 자 그럼, 암막 커튼을 치고 책상을 옆으로 치워줄래요? 몸이 전부 보여야 하니까."

"이러면 진짜 눈을 뜰 수 있긴 한 건지."

유키는 투덜대면서도 사야카가 시키는 대로 해주었다. 그리고 사야카와 마주 보도록 의자에 앉아 안대를 썼다.

"준비됐어. 이제 아무것도 안 보여."

"고마워요, 그럼……."

찰나의 침묵이 흐르고, 유키는 지금 사야카가 자신을 보고 있다는 걸 직감으로 알 수 있었다.

"유키 군은 제가 상상한 대로 자랐네요."

"좋은 뜻으로 하는 말이야?"

"좋은 뜻이에요. 괴짜 영화를 좋아하는 사람이 극찬하는 영화를 보러 갔더니 정말 괴짜 같은 영화였다, 뭐 그런 뜻이죠."

"전혀 좋은 뜻이 아니잖아, 그건."

유키는 C급 영화를 보느니 고전 영화를 찾아보는 게 낫다는 주의인지라 사야카의 대답이 어처구니가 없었다. 괴짜 영화를 극찬하고 다니는 사람이라면 관계를 다시 생각해 봐야 한다.

"그건 그렇고, 방금 생각난 건데. 만약 내가 준비됐다고 거짓말하고는 사야카가 눈을 뜨는 순간, 쳐다보고 있으면 어떻게 되는 거야?"

"딱히 별건 없어요."

"뭐야, 그런 거야? 분명 사람하고 눈이 마주치면 뭔가……."

"그 자리에서 정신을 잃고 반년 동안 외부 세계와 단절되는 정도죠 뭐."

"절대로 안 그럴게."

유키는 그거야말로 자신에게 십자가를 지우는 행위라는 생각에 몸서리를 치며 앉음새를 바로 했다. 그때 사야카가 "하지만" 하고 입을 뗐다.

"유키 군은 그러지 않을 거라는 거 잘 아니까 괜찮아요."

"날 좋게 봐주는 건 고맙지만, 판단하기엔 이르지 않아?"

"아니요, 오히려 너무 늦은 거 같은데요. 그러니까 빨리 시작해요."

그렇게 시작된 데생은 별 탈 없이 진행됐다. 시작하고 10분 동안은.

"심심한데 대화라도 좀 할까요?"

"지금 심심하다고 한 거야? 시작한 지 겨우 10분 지났어."

"포즈 잡는 동안은 앉아만 있으니 심심하잖아요."

"미안하지만 포즈 유지하는 것만도 힘들다고!"

"잘못 말했네요. 제가 떠들고 싶어서 그러니까 얘기 좀 해요."

유키는 그건 잘못 말한 게 아니라 본심이 나온 거라고 되받아치고 싶은 걸 꾹 참았다.

"그러고 보면 넌 말하면서 그리는 걸 좋아했어. 뜬금없이 주제가 확확 바뀌어서 처음에는 무지 당황했었는데."

예전에 사야카는 그리면서 말하길 좋아했다. 떠들다 보면 머리와 손이 더 잘 돌아갔기 때문인데, 그래서인지 맥락과 상관없이 불쑥 다른 화제로 바뀌는 일이 잦았다.

"지금은 그냥 유키 군과 얘기하고 싶은 것뿐이에요. 예전처럼 계속 혼자 떠들지는 않아요."

"아냐, 그리는 데 집중해. 모처럼 살아 있는 사람이 앞에 있는 거잖아."

"잠자코 그림만 그리는 거면 혼자 그리는 거랑 다를 바 없어요. 대화를 나누면서 어떤 사람인지 알고 나면 더 잘 그릴 방법을 찾을지도 모르고요."

"그건……."

사야카 말에도 일리는 있었다.

'인물의 내면을 깊이 이해하고, 그 사람의 매력을 끌어내서 더 좋은 그림을 그리려면 모델과 적극적으로 소통해야 한다'라고 주장하는 이들도 분명히 있다. 게다가 그림은 소설가의 집필 작업과는 달리 말하면서도 어렵지 않게 할 수 있다. 오히려 말하기를 선호하는 사람도 있다.

그렇게 생각하면 사야카가 괜찮다는데 굳이 자신이 마다할 이유는 없었다. 유키는 대화도 모델의 의무라고 자신을 설득하며 제안에 응하기로 했다.

"뭐, 그렇다면 '상호 이해'를 높인다는 차원에서."

"그렇게 말하면 너무 딱딱하니까 '친해지기 위해서'로 해요."

"이유야 아무래도 상관없지만. 그럼 무슨 얘기 할까?"

"뭐든 상관없어요. 저한테 궁금한 거 있으면 아무거나 물어보세요."

"아무거나 물어보려고 해도 딱히."

유키가 질문을 생각하는 와중에도 스케치북 위에서 움직이는 사야카의 연필 소리는 멈출 줄 몰랐다. 손이 엄청 빠르거나 양으로 승부를 보는 타입인 듯했다. 이른바 '지우개로 그리는 사람'이었다. 거침없는 연필 소리에 주저함이나 망설임 따위는 티끌만큼도 느껴지지 않았다. 의외였다.

"그럼, 좋아하는 음식은?"

끝내 적당한 질문이 떠오르지 않아 유키는 일단 생각나는 대로 물었다. 그러자 일순간 침묵이 흘렀다.

"……오므라이스요."

"어, 그랬나? 서양배 좋아하지 않았어?"

"……뭐, 그것도 좋아해요."

"그래? 그럼 오므라이스 위에 얹는 달걀은 완전히 익힌 게 좋아? 아니면 반숙이 좋아?"

46 —— 47

"무조건 포슬포슬한 게 좋죠. 다른 건 인정할 수 없어요."

"오오, 완전 반숙파네. 그럼 달걀프라이도?"

"달걀프라이야 뭐……. 근데, 잠깐만요. 갑자기 웬 좋아하는 음식 얘기예요?"

"뭐? 아니 궁금한 거 있으면 물어보라며?"

"보통 이럴 땐 다른 걸 묻지 않나요? 요양 기간에는 뭐 하면서 지냈냐, 그곳 생활은 어땠냐. ……어쩌다 이렇게 됐냐, 뭐 그런."

막판에는 거의 기어들어 갈 듯한 목소리였다.

"그럼, 내가 물어볼게. 그걸 물어봐 주길 원해? 왜 그렇게 됐냐고?"

유키는 팔짱을 끼려다 포즈 잡는 중임을 깨닫고 황급히 본래 자세로 돌아갔다.

"그런 뜻으로 말한 건 아니에요."

"그럼, 상관없잖아?"

"하지만 보통은 그런 걸 묻고 싶어 하잖아요?"

"보통은 그럴지도 모르지. 하지만 난 아냐. 소중한 사람일수록 깊은 얘기는 묻지 않으려고."

"그건……, 왜죠?"

되묻는 그녀의 목소리가 어딘지 절박했다. 언제부턴가 연필 소리도 멈췄다. 이번만큼은 유키도 팔짱을 낀 채 생각을 정리하며 말했다.

"아무리 친한 상대라도 그 사람이 말하고 싶어 하지 않는 건 그대로 묻어두는 게 좋다고 봐. 네가 정 물어봐 주길 바라거나, 언젠가 어떤 이유로든 알아야 할 때가 오면 그때 물어볼게. 하지만 그게 아니면 굳이 상처를 들춰낼 필요는 없어."

누구나 가족에게도 알리고 싶지 않은 나만의 비밀 한두 가지는 있는 법이다.

유키에게도 당연히 있다. 지금도 감추고 있는 비밀이.

"6년이나 헤어졌다 만난 거면 초면이나 다를 바 없는데 그런 상대한테 처음부터 깊은 애길 꺼내지는 않잖아? 우선 처음부터 관계를 다시 쌓고 친해진 다음에, 얘기해도 괜찮다 싶을 때 얘기해."

사야카는 한동안 침묵했다. 그러더니 불쑥 이렇게 말했다.

"……이런 저랑 처음부터 다시 친해질 수 있겠어요?"

"둘 다 변한 건 마찬가지니까 처음부터 다시 친해질 수밖에 없어."

유키가 그렇게 대꾸하자 안대 너머로 피식하는 웃음소리가 들렸다.

"왠지 내가 알던 유키 군과는 다른 사람 같아요."

"6년이나 떨어져 있었으니까. 그 시간을 메운다 생각하고 대화하자고. 자, 이제 다시 그려야지. 손이 멈췄어."

"네."

데생을 하며 두 사람은 이런저런 얘기를 나눴다.

예를 들면 좋아하는 음식이라든가.

"아까 미처 못 물어봤는데, 유키 군이 좋아하는 음식은요? 매실장아찌 싫어했던 건 기억나요."

"기억하는구나. 좋아하는 음식? 없는데……. 굳이 말하자면 우유 정도?"

"왕따의 전형 같으니까 그런 식으로 대답하지 말아요."

"그런 거 아니거든!"

아니면 성적이라든가.

"1학기 종합 석차가 2등? 제가 30등 정도인데 훨씬 잘하네요."

"달리 할 게 없었을 뿐이야. 공붓벌레였어."

"뭘 또 그렇게 겸손하게……. 아, 아니면 친구가 없어서 정말로……."

"있어! 몇 안 되지만!"

아니면 교우 관계라든가.

"그러는 넌, 친구 있어? 날 실컷 놀려대면서."

"방금 생겼잖아요. 유키 군이라는 멋진 친구가."

"여기서야 나 하나겠지. 이쪽으로 오기 전에 사귄 친구 없어?"

"그래서 여기로 온 거잖아요."

"없었단 소리네……."

대화를 나누면서 유키는 조금씩 지금의 사야카를 이해하게 됐다.

이제 확실히 알겠다. 그녀는 변했다.

과거의 씩씩하고 활달한 소녀는 사라지고 숙녀처럼 점잖은 성격으로 탈바꿈한 사야카를 보니 유키는 감회가 새로웠다. 예전에는 다른 친구보다 빨리 시작하지 않으면 제출 날짜를 못 맞출 정도로 손이 느렸는데 지금은 몰라보게 빨라졌다.

"그렇게 빨리 그리면 재밌겠어."

"공교롭게도 재미있다고 생각한 적은 없어요."

"어째서?"

"이게 복수니까요."

이제 확실히 알겠다. 그녀는 변했다.

첫사랑 소녀는 더는 어디에도 없었다.

5

데생을 시작한 지, 일주일이 좀 지난 어느 날.

방과 후, 유키는 사야카의 컨디션과 데생 근황이 궁금하다는 기타니의 호출을 받고 보건실로 향하며 서西관 복도를 걷고 있었다.

유키는 학교가 답답했지만, 땡땡이를 쳐봤자 다음 날 또 담임한테 불려 갈 뿐이었다. 그래서 얌전히 등교나 하자고 마음먹고 그날도 당번을 마치고 보건실로 가는 중이었다.

"그런 거 신경 쓰지 말고 그냥 얘기하라니까! 유키가 거절하겠냐?"

마침 복도 모퉁이를 돌아 보건실 앞까지 왔을 때였다. 별안간 기타니의 목소리가 들려 유키는 무심코 인상을 썼다. 평범한 보건의 겸 상담교사가 무슨 일로 남 말하기 좋아하는 사람처럼 수군대는 건지 적잖이 수상했다.

"그 녀석, 애 괜찮은 건 너도 알잖아? 좀만 더 밀어붙이면 분명 들어준다니까!"

기타니는 잔뜩 격앙된 말투로 누군가를 부추기고 있었다. 상대방 목소리는 작아서 들리지 않았지만 누군지 짐작이 갔다.

유키는 노크도 하지 않고 벌컥 문을 열었다.

안에서는 기타니가 어수선한 책상에 한쪽 손을 짚은 채 막 일어서려는 참이었고 맞은편에는 예상한 대로 신도 마호가 어깨를 움츠린 채 앉아 있었다.

마호의 반 친구들은 종종 마호를 가리켜 '지켜주고 싶은 귀여운 친구'라고 말했다. 아닌 게 아니라 지금 마호는 정말 지켜줘야 할 것 같은 상태였다. 커다랗고 검은 눈동자는 불안한 듯 흔들렸고, 안 그래도 작은 몸은 한껏 오그라들어 흡사 다람쥐 같았다.

귀여운 얼굴도 분명 걱정으로 울상이 되었을 것이다. 문득 어디선가 본 '가여운 건 귀엽다'라는 말이 떠올랐다.

"앗! 사하라……."

인상을 쓴 채 보건실에 들어선 유키를 보자마자 마호는 동그란 눈을 더 동그랗게 뜨더니 자그마한 두 손을 황급히 좌우로 흔들며 말했다.

"저, 저기, 오해하지 마. 그냥 분실물 찾으러 온 거야."

그러고 보니 좌우로 흔들리는 마호의 오른손에 예전에 봤던 심리테스트 책이 들려 있었다. 누가 이런 걸 갖고 다닐까 싶었는데 따지고 보니 마호 외에는 그럴 만한 애도 없었다.

"이상한 얘기는 전혀 안 했어……. 아니, 조금은 했어. 미안!"

비굴하게 변명하는가 싶더니 금세 태도를 바꿔 고개를

푹 숙이는 마호의 성급함과 호들갑에 유키는 속으로 웃음이 났다.

"아직 아무 말 안 했고, 딱히 화난 것도 아니니까 진정해."

"그, 그렇구나. 알았어……."

마호가 끄덕이며 고개를 들자 정수리 위로 올려 묶은 캐러멜색 올림머리가 한 템포 늦게 흔들렸다. 곧이어 마호가 크게 숨을 내쉬려는데 웬 경박한 목소리가 끼어들었다.

"쟤도 양반은 아니다. 차라리 지금 말해버려, 얼른!"

"아아아아니, 지, 지금은 안 돼요, 마음의 준비가……!"

기타니가 신나서는 엄지손가락을 치켜세우자, 마호는 세차게 고개를 가로저었다. 까딱하다가는 똑 부러지겠다 싶어 유키는 황급히 기타니를 말렸다.

"유인원이 새끼 다람쥐 괴롭히는 것도 아니고 뭐 하시는 거예요? 그만하세요. 그리고 마호는 제 할 일은 똑 부러지게 하는 애니까 걱정 안 하셔도 돼요."

"네가 무슨 정의의 사도냐? 내가 나쁜 놈 같잖아."

"방금 행동은 완전 나쁜 놈이었어요. 그래서 무슨 얘기 중이었는데요?"

유키가 아무 일도 없었다는 듯 묻자 기타니도 아무렇지 않게 반응했다.

"아, 맞다 맞다. 아무래도 축제 포스터를 어떻게 할지—"

"으아! 사하라한테는 말하지 마세요!"

제 딴에는 기타니를 말린답시고 필사적으로 양손을 휘젓는 마호를 보고 있자니 유키는 쓴웃음이 절로 나왔다. 아무래도 마호한테 너무 심했다고, 오랜만에 대화를 나누는지라 지나치게 흥분했다고 반성하며 화제를 바꾸려던 그때였다.

"마호, 분실물 찾았어? 어라?"

유키는 드르륵 문을 열고는 상반신만 빼꼼 내민 누군가와 눈이 마주쳤다.

살짝 그을린 피부에 노랗게 염색한 흔적이 남은 짧은 머리. 언뜻 보기에도 다부진 체격에 보는 사람까지 상쾌해지는 표정. 같은 반의 구지 다카무네였다.

"……아."

다카무네의 출현에 유키는 마호에게서 슬며시 한발 물러섰다.

마호는 그런 유키를 온화한 얼굴로 쳐다보다가 이내 쭈뼛쭈뼛 다카무네 쪽으로 시선을 돌렸다.

"아, 구지 왔구나. 신도 데리러 왔어?"

어색한 분위기를 눈치챘는지 기타니가 말을 걸자 굳어 있던 다카무네가 얼른 고개를 들었다.

"네. 위원회에 가는데 갑자기 보건실에서 분실물을 보관

하고 있을지도 모른다며 막 달려가더라고요. 하도 안 오길래 무슨 일 있나 하고 와봤어요."

"분실물은 바로 찾았어. 그치?"

기타니가 묻자 마호는 고개를 위아래로 끄덕끄덕했다.

"그럼, 다행이고요……. 그나저나 사하라! 여기서 뭐 하냐? 배탈이라도 났어?"

지극히 가벼운 투로 묻는 다카무네의 목소리에 유키가 고개를 돌렸다. 두 사람의 눈이 다시 마주쳤다. 누구에게나 편견 없이 대하는 모범생 같은 행동. 하지만 그 모든 게 두려움에서 비롯한다는 걸 유키는 잘 알고 있었다.

그래서 몇 번째인지 모를 그의 상투적인 질문에 유키도 상투적으로 대답했다.

"아니, 멀쩡해. 기타니 선생님이 불러서 와보니까 신도도 있길래. 나도 방금 왔어."

"맞아 맞아. 이 녀석 진로 희망 조사서 아직도 제출 안 했거든. 구지도 따끔하게 말 좀 해줘."

일부러 과격하게 팔을 휘젓는 기타니를 보며 다카무네는 어깨를 으쓱했다.

"가노 선생님한테 안 맞게 조심해."

"그때는 아마 기타니 선생님도 같이 맞을걸."

유키가 한숨을 쉬자 다카무네가 호탕하게 웃었다. 듣는

사람까지 후련해지는 웃음이었다.

"자, 가자, 마호. 벌써 위원회 애들 다 모였어."

"아, 진짜!? 빨리 말하지!"

"축제까지 두 달도 안 남아서 다들 의욕이 장난 아냐. 늦으면 할 마음이 없어 보인다고 욕먹을지도 몰라."

다카무네는 농담 섞인 말투로 대꾸한 뒤 기타니에게 "그럼, 실례했습니다!" 하고 씩씩하게 인사하고는 복도 쪽으로 자취를 감췄다.

"의욕이 없긴 왜 없어? 그저—"

마호는 할 말이 남았다는 표정으로 유키를 쳐다보다 이내 고개를 숙였다. 그러더니 셔츠 밑단을 부여잡고는 기어 들어 가는 목소리로 말했다.

"저기……, 사하라. 실은 부탁할 게 있는데……."

"뭔데?"

"만약에, 정말로 만약에……. 너만 괜찮다고 한다면 말이야……."

급기야 마호는 셔츠를 쥔 채 부들부들 떨기 시작했다. 유키는 그런 마호의 옆모습을 조용히 응시했다. 잘 정돈된 머리카락 사이로 새빨개진 귓불이 드러났다.

"혹시 괜찮으면, 포스터를—"

그때였다.

"마호, 아직 멀었어?"

반쯤 열린 보건실 문틈으로 다카무네가 부르는 소리가 들렸다.

마호는 의자에서 튀어 오르듯 일어서며 으윽! 하고 작게 소리를 질렀다. 순간적으로 짜증이 난 모양이었다.

"미, 미안해. 다시 얘기하자! 아하하, 빨리 안 가면 혼나겠다."

마호는 책가방에 심리테스트 책을 마구 쑤셔 넣더니 허겁지겁 보건실을 나섰다. 그러다 문 앞에서 홱 돌아서서는 유키를 불렀다.

"사하라."

"응?"

"바이 바이."

소심하게 손을 흔드는 마호에게 유키는 짧게 탄식하며 한쪽 손을 들고 웃어주었다.

그렇게 마호는 보건실 밖으로 허둥지둥 뛰어갔다. 이윽고 마호의 발소리가 멀어지자, 한창 동아리 활동 중인 학생들의 떠들썩한 목소리가 들려왔다.

"난 또 신도가 너한테 고백이라도 하는 줄 알고 긴장했잖아. 너도 그랬지?"

외부인이 모두 사라진 틈을 타 기타니가 잽싸게 전자 담배를 꺼내며 말했다. 유키는 그런 기타니를 쓰레기 보듯 쳐다봤다.

"그럴 일 없어요. 들어보니까 축제 포스터 어쩌고 하는 얘기 같던데."

어쩌고 하는 부분도 짐작은 갔으나 유키는 일부러 얼버무렸다.

"그럼, 아까 헤어질 때 그 표정은 뭐냐? 아무 감정 없는 상대한테 짓는 표정이 아니지."

기타니는 익숙한 손놀림으로 전자 담배 카트리지에 스틱을 끼웠다.

"너하고 얘기하는 걸 몇 번 보긴 했지만 설마 그런 감정일 줄은 몰랐네."

"전혀 그런 거 아니에요. 저는 둘째 치고 신도랑 구지한테 실례라고요, 그건."

"둘이 사귀는 사이라서? 근데 고백은 구지가 한 거잖아? 이거 이거……, 흥미진진한데?"

의자 등받이에 몸을 기댄 채 기타니가 머리 뒤로 손깍지를 끼며 간드러지게 웃었다.

유키는 질색하며 반박했다.

"신도가 **저러는 건** 그런 이유가 아니에요. 좀 더 단순하다고요. ……분명."

그렇게 말하며 유키는 굳게 닫힌 보건실 문을 바라봤다.

분명. 그 말은 바람을 내포하고 있었다.

"뭐, 별문제 아니라면 상관없지만. 괜히 혼자 끙끙 앓지 말고 힘들면 얘기해. 꼭 내가 아니라도 괜찮으니까."

기타니는 삐뚜름하게 전자 담배를 입에 물더니 가느다 란 연기를 내뿜으며 말했다. 그 다정한 말투에 유키는 그제 야 농담을 던질 여유가 생겼다.

"감정에 구체적인 해결책 따위는 없어요. 상담은 듣기에 만 그럴싸한 푸념 성토대회일 뿐이라고요."

"바보구나. 바로 그 푸념을 하러 오라는 거야. 내담자의 감정에 최대한 공감해 주는 게 내 일이니까. 최선을 다해서 들어준다 이 소리야."

자신감 넘치는 태도로 딱 부러지게 건네는 말 한마디가 이렇게나 의지가 되다니 신기한 일이었다. 사람은 태도가 전부구나, 하는 생각과 동시에 그런 말 몇 마디에 마음이 가 벼워지는 자신도 별수 없는 인간이다 싶었다. 그 사실을 외 면하려는 듯 유키는 화제를 바꿨다.

"……저, 오늘 부르신 용건은 아직인데, 별거 없으면 가 도 될까요? 너무 기다리게 하는 것도 미안해서요."

"맞다, 까먹을 뻔했네. 미스미는 어때? 데생은 잘하고 있 어?"

기타니는 그제야 생각났다는 듯 손뼉을 치며 물었다. 이 양반, 정말 잊고 있었나 보다.

이런데도 용케 상담사를 하는구나. 유키는 어처구니가 없었지만 일단 보고는 했다.

"기본적으로는요. 제가 안대를 끼면 눈을 뜰 수 있나 봐요."

"아하! 그럼, 외부 세계에 대한 심리적 장벽이 좀 낮아진 건가? 어쩌면 어디서든 눈을 뜰 수 있는 날이 곧 올지도 모르겠네……. 조짐이 좋은데."

"그건 전문가가 아니라서 모르겠지만, 지금은 데생도 그렇고 저랑 대화도 문제없이 하고 있어요."

"뭔가 예상 밖인데? 어쨌든 아무 문제 없다, 이거지?"

유키는 잠시 머뭇거리다 이윽고 입을 열었다.

"……아니, 실은 딱 하나 걸리는 게……."

✿ ✿ ✿

똑똑, 하고 학생 지도실 문을 노크하자 익숙한 목소리가 들렸다.

"네, 누구세요?"

"나야."

유키는 어느새 루틴이 돼버린 문답 절차를 마치고 안으

로 들어갔다.

"미안, 기타니 선생님이 불러서 늦었어."

"괜찮아요. 마침 앨범 하나를 다 들은 참이에요."

그러고 보니 사야카는 손에 휴대용 음악 플레이어를 든 채 귀에는 유선 이어폰을 꽂고 있었다. '요즘 같은 때 웬 유선 이어폰?'이라고 생각하며 유키는 문을 잠갔다.

"뭐 듣는데?"

유키가 묻자, 사야카가 양쪽 귀에서 이어폰을 빼더니 곧 장 앞으로 내밀며 말했다.

"자, 여기요."

"여기요, 라니 들어보라고?"

"말로 설명하기보다 들려주는 게 빠를 것 같아서요."

"······그럼, 실례 좀 할게."

유키는 거절하기도 뭐해서 시키는 대로 손을 뻗어 이어 폰을 받아 들었다. 그러고는 좀 전에 했던 생각을 가감 없이 말했다.

"요즘 같은 때 이런 기기에 유선 이어폰이라니, 흔치 않 은데? 이젠 다들 스트리밍에다 무선 이어폰 쓰잖아."

"화면에 얼굴이 비치지 않으니까요."

"······아, 그렇구나."

뭔가 어색해진 분위기에 유키는 황급히 이어폰을 귀에

꽂았다.

가장 먼저 들린 건 우아한 피아노 선율이었다. 곧이어 시원한 색소폰 소리가 섞이더니 나지막이 깔리는 콘트라베이스와 드럼이 기분 좋은 리듬감을 연출했다. 하지만 평소 음악에 별 관심이 없는 유키의 머릿속에 이 곡을 정확히 표현할 단어나 지식이 있을 리 없었다. 그저 얼마 안 되는 경험에 의존해 유추해 볼 뿐이었다.

유키는 사야카에게 이어폰과 음악 플레이어를 돌려준 후, 감상을 말했다.

"뭔가 재즈 같은 느낌? 재즈치고는 고급스러운 느낌이라고 해야 하나?"

"그럼, 재즈는 천박하다?"

"아니, 그런 게 아니고! 그러니까, 맞다! 클래식하다는 뜻!"

유키가 황급히 설명을 덧붙이자 사야카가 재밌다는 듯 큭, 웃으며 대답했다.

"맞아요. 재즈가 가미된 왈츠예요."

"왈츠라면, 춤 왈츠?"

"맞아요, 춤 왈츠예요. 〈호두까기 인형〉 들어봤죠?"

"이름 정도는……. 그런 거 좋아해?"

"정말 잠깐이긴 했는데 춤을 춘 적이 있어요. 그 영향인가 봐요."

"얘기를 해보면 해볼수록 사야카는 의외로 부잣집 막내딸 같달까? 뭔가 고상한 구석이 있어. 취미도 밤하늘 보면서 산책하는 거고."

학생 지도실에 틀어박혀 옛 규방 여인네 같은 신세가 됐다는 점도 부잣집 막내딸 이미지를 부추겼다. 하지만 이 고상한 아가씨는 그런 평가가 마음에 들지 않았는지 입술을 삐죽 내밀며 말했다.

"누구나 산책 정도는 하잖아요. 그걸로 부잣집 막내딸이라니. 게다가 춤도 산책도 1년 이상 못 하고 있다고요. 포슬포슬한 달걀이 덮인 오므라이스도 못 먹고요."

"하긴 다른 사람 앞에서 눈을 못 뜨니. 그래도 오므라이스 정도는 만들 수 있지 않아?"

"제가 못 만드니까 좋아했던 거예요. 요리가 서툴기도 하고요."

사야카는 작게 한숨을 내쉬며 고개를 절레절레 저었다. 낙담하는 모습을 보니 정말로 먹고 싶은 듯해서 유키는 왠지 더 안쓰러웠다.

"그러니까 더 부잣집 막내딸 같은데?"

무심코 새어 나온 유키의 반응에 사야카는 으—, 하며 신음했다.

"그러는 유키 군도 학교 땡땡이치고 꽃 사진 찍는 게 취미잖아요? 남 얘기할 때가 아닌 것 같은데요?"

"뭐, 나야 부잣집 딸 같다는 소리 신경 안 쓰니까. 맞아요~ 하고 맞장구치면서 상대한테 좋아하는 꽃이 뭐냐고 묻다 보면 대화야 자연스럽게 이어지는 거고."

"잘도 빠져나가네……. 질문한 제가 잘못이네요. 빨리 데생이나 시작하죠."

사야카가 성가시다는 듯 긴 머리를 뒤로 넘기며 스케치북으로 손을 뻗었다. 그러자 유키가 재빨리 스케치북 가장자리를 손바닥으로 누르며 말했다.

"미안하지만 그렇게는 안 되겠어. 너한테 할 말이 하나 남았거든."

"저한테요?"

……아, 오늘도 역시 미완성이야.

유키는 속으로 다 알면서도 물어볼 수밖에 없었다.

행여 질책처럼 들릴까 봐, 유키는 조심스레 말을 꺼냈다.

"러프는 다 그렸어?"

"……그게."

사야카는 난처한 듯 고개를 돌렸다.

러프 드로잉이 아직이었다.

이것이 지난 일주일 남짓한 기간 동안 생긴 유일하면서도 치명적인 문제였다.

"아직 안 된 거야?"

유키가 팔꿈치를 괴고는 코로 숨을 내쉬었다. 사야카가 미세하게 고개를 저으며 말했다.

"아뇨, 그저 좀 의욕이 안 생길 뿐이에요. 내일은 꼭 완성할게요."

"꼭 콘티 못 잡는 만화가처럼 말하네……."

"비슷한 직종이라 비유가 별로 와닿지 않아요. 유키 군답지 않네요."

"남 허물 지적할 시간 있으면 가늠 선 하나라도 더 따라고……!"

이 단순하면서도 중대한 사실은 데생을 시작한 지 5일째에 드러났다.

사실 사야카의 데생은 매우 순조로웠다.

"여태껏 못 그린 걸 보충하려는 듯 어제 하루 동안에만 열두 장이나 그렸어……."

심지어 4일 차부터는 이전 데생의 부족한 점을 살피는 것부터 시작했기 때문에 실제 작업 시간은 더 짧아졌다. 유키는 손에 든 스케치북을 넘기며 사야카의 무서운 진척 속도에 감탄인지 어이없음인지 모를 한숨을 내쉬었다.

사야카는 크로키가 아닐까 착각할 만큼 심상치 않은 속도로 쓰다 남은 두 번째 스케치북을 눈 깜짝할 새에 채우더니 4일 차에는 세 번째 스케치북을 쓰기 시작했다.

그리는 속도가 빠르다는 건 당연히 숙달되는 속도도 빠르다는 뜻인 만큼, 유키는 사야카가 한 인물을 오롯이 그려낼 정도의 경험치를 쌓았다고 판단하고, 4일째 되는 날 "슬슬 러프를 그려보면 어때?" 하고 제안했다. 사야카도 순순히 고개를 끄덕였다.

하지만 다음 날도, 그다음 날도, 사야카는 한 장도, 더 정확히 말하면 선 하나도 긋지 못했다.

오늘도 끝내 그리지 못한 모양이었다.

콘티 못 잡는 만화가처럼 소녀는 풀 죽은 듯 어깨를 떨구었다.

"미안해요. 정말이지 내일은 꼭⋯⋯."

"내일은 주말이야. 서두른다고 해결될 일도 아닌 것 같으니 주말에는 완성한다기보다 조금이라도 그려내는 걸 목표로 하자고."

"궁금해서 물어보는 건데요, 못 그리면 어떻게 되는 거죠?"

"굉장히 곤란하지. 극단적으로 말하면 데생을 그리는 의미가 없는 거니까."

데생은 수단이지 목적이 아니다. 최종 목적인 인물화를 그리기 위한 밑그림의 전前 단계조차 안 된다면 데생을 그리는 의미가 없다.

유키는 당연하다는 듯 대답했다.

"그건……, 곤란하네요. 진짜."

사야카는 얼굴을 숙여 머리카락으로 표정을 감추고는 고개를 끄덕였다.

6

"저, 유키. 미스미한테 연락받은 거 없어?"

월요일 점심시간. 느닷없이 기타니가 유키네 반 교실로 찾아와서는 사야카 소식을 물었다.

"연락처가 없어서 잘 모르겠는데요."

유키가 입에 넣으려던 닭튀김을 슬며시 밥 위에 올려놓으며 대답하자 기타니가 어이없다는 듯 입을 벌렸다.

"진짜? 연락처 교환 안 했어?"

"미스미가 휴대전화 같은 걸 안 갖고 다녀요. 있기는 한 것 같아서 일단 쪽지에 제 계정을 적어주긴 했는데 연락받은 적은 없어요."

전에 화면을 못 본다고 하더니, 휴대전화도 그래서 못 쓰는 모양이었다.

하지만 유키의 대답에 기타니는 금세 어두운 표정을 지었다.

늘 초연해 보이는 기타니치고는 드문 일이었다.

"무슨 일 있어요?"

"무단결석. 연락이 전혀 안 돼."

기타니가 "큰일 났네" 하며 어깨를 움츠리자, 이번에는 유키가 인상을 쓰며 물었다.

"안 오다니, 왜요?"

"그걸 모르니까 이러지. 그래서 말인데 부탁 좀 들어주라."

"싫어요."

"아직 얘기 꺼내지도 않았다."

기타니는 머리통을 반으로 가르듯 손날로 유키의 이마를 탁, 치더니 메모지 한 장을 꺼냈다.

"이거 미스미 아파트 주소하고 집 호수야. 역 앞에 있는 큰 건물이라 가보면 알 거야……. 근데 뭐냐, 그 표정은?"

기타니가 메모지에서 시선을 거두며 고개를 들자, 유키가 흡사 떫은 감과 쓴 커피, 생선 내장을 통째로 삼킨 듯한 표정을 짓고 있었다. 한마디로 오만상을 찌푸린 얼굴이었다.

"기분상 죽어도 가기 싫다는 표정인데? 자, 논리적으로 말해줄게. 오늘 방과 후 일정은?"

"……없어요."

"그럼 가. 결정!"

또 한 방 먹었다. 뭐가 논리적이라는 건지. 하지만 유키는 패인을 제공한 사람답게 체념한 듯 한숨을 쉬고는 메모지를 건네받았다.

"아니, 할 말 있으면 선생님이 직접 연락해도 되잖아요. 연락처도 알면서 왜 교실까지 찾아오고 그래요?"

"너 바보 아냐? 어디 공무원이 근무 중에 휴대전화를 써?"

"담배 때문에 뇌까지 어떻게 된 거 아니에요?"

"그런가? 돌아가서 얼른 한 대 태워야지."

유키의 푸념에도 기타니는 동요하는 기색 하나 없이 으하하, 하고 악당처럼 웃으며 사라졌다. 차라리 들켜서 징계나 먹어라.

"사하라. 기타니 선생님하고 무슨 얘기 한 거야?"

기타니가 교실에서 사라지자마자 대각선 앞자리에 앉아 여자애들과 즐겁게 점심을 먹던 마호가 말을 걸었다.

"딱히 별일 아니야. 왜?"

"왜!? 아……, 요즘 좋아 보여서, 무슨 일 있나~ 하고!"

"좋아 보인다고……?"

예상치 못한 마호의 말에 유키는 처음으로 감정에 눈을

뜬 휴머노이드 같은 반응을 보였다. 실상은 골치 아픈 나날의 연속이었지만 그렇다고 밀실에서 여학생을 상대로 눈을 가린 채 데생 모델을 해주고 있다는 얘길 할 수도 없는 노릇이라 적당히 둘러댔다.

"그냥, 친구 병문안 가야 해서."

유키의 대답에 마호는 손으로 입을 가린 채 중얼거렸다.

"아, 사하라한테 친구……."

그 말이 끝나기가 무섭게 마호와 점심을 먹던 농구부 여자애가 풉! 하고 뿜는 소리를 냈다. 유키는 소리 나는 쪽을 노려봤지만, 상대는 황급히 차만 들이켤 뿐 그의 시선을 전혀 알아차리지 못했다.

✿ ✿ ✿

역 앞 아파트는 몇 년 전부터 시작된 재개발의 상징 같은 존재였다.

"……어마어마하네."

유키는 올려다보기만 해도 뻐근해지는 목덜미를 문지르며 세련된 디자인의 건물 입구를 지나 로비로 들어섰다.

"넓다, 넓어……."

유키는 물이 너무 맑으면 고기가 모이지 않는다는 옛 속

담처럼 지나치게 깨끗한 공간에 오히려 거북함을 느끼며 벽에 달린 로비 폰 패널에 사야카의 집 호수를 눌렀다. 하지만 30초가 지나도록 아무 반응이 없었다.

"자고 있나?"

혹시 호수를 잘못 눌렀나 싶어 메모지를 다시 확인했으나 맞는 번호였다. 유키는 한 번 더 벨을 눌렀다. 또다시 몇십 초가 흐르고, 아무래도 자는 것 같아 '취소' 버튼을 누르려는데, "네" 하고 잠긴 목소리가 흘러나왔다. 이어서 콜록, 하는 기침 소리가 두세 번 반복되더니 다시 목을 가다듬고는 "죄송합니다, 누구세요?" 하는 소리가 들렸다.

아, 사야카 목소리다. 유키는 반쯤 안도감마저 느꼈다.

"나 사하라. 학교에 안 왔길래 무슨 일인가 하고 와봤어."

"……유키 군?"

유, 라고 하는데 목소리가 뒤집혔다.

"응, 나야."

"아, 저…… 15분만 주세요!"

"어? 무슨 소리야!?"

"말 그대로예요. 문 앞에서 기다려요!"

그대로 통화는 끊겼고, 어리둥절해 있는 유키 앞으로 자동문이 스르륵 열렸다.

사야카는 정확히 15분 뒤에 나타났다. 안쪽에서 딸깍딸 깍하는 소리가 나더니 잠금 풀리는 소리와 함께 사야카가 상반신을 드러냈다.

"미안해요. 늦었어요."

"진짜, 도대체 왜 이렇게 늦—"

집 앞에서 웅크리고 있던 유키는 한 소리 할 것처럼 벌떡 일어섰다가 마른침을 삼켰다. 이유는 세 가지였다. 우선, 사 야카가 흰색 민무늬 반팔 티셔츠에 돌핀 팬츠를 입은 실내 복 차림이었다는 것. 둘째, 누가 봐도 이제 막 씻고 나온 모 습이었다는 것. 교복을 입었을 때와는 달리 후줄근한 모습 에 젖은 머리칼, 드러난 맨살에서 풍겨오는 샴푸와 보디워 시 향이 유키의 오감을 강렬하게 자극했다. 그리고 마지막 으로 하나 더.

"……선글라스는 왜 쓰고 있는 거야?"

"밖에 나갈 때는 늘 써요. 학교에 갈 때도."

"지금은 써도 의미 없잖아?"

"유키 군이 있잖아요."

사야카는 흐음, 하고 콧소리를 내며 선글라스 테를 손가 락으로 밀어 올렸다. 그 모습에 유키가 완전히 맥이 풀려 뭐라 대꾸할지 고민하고 있는데, 별안간 사야카가 힘없이 자리에 주저앉고 말았다.

"가, 갑자기 왜 그래?"

유키가 황급히 다가왔다. 사야카는 손잡이에 매달린 채 가쁜 숨을 몰아쉬더니 웃으며 말했다.

"탈수 증상 때문에 머리도 아프고 속도 울렁거리고 몸에 힘이 하나도 없어요."

"자세히도 설명한다. 대체 언제부터 물을 안 마신 거야?"

"모르겠어요……. 샤워하기 전에 한 컵 마셨는데 그거로는 부족했나 봐요."

"탈수 상태에서 샤워라니 머리도 부족한 거 아냐? 뭐라도 갖다줄 테니까 일단 안으로 들어가! 냉장고는 어딨어?"

"거실로 쭉 들어가서 왼편으로 돌면 안쪽에 있어요……. 으윽."

유키는 사야카를 질질 끌다시피 해 안으로 들이고는 신발을 벗어 던지고 정면에 보이는 문을 열었다. 집 안으로 들어서자 암흑처럼 어두컴컴한 공간에 조용히 돌아가는 냉장고 불빛이 보였다. 냉큼 달려가 눈에 띄는 대로 1.5리터짜리 페트병을 집어 들고는 서둘러 사야카에게 돌아갔다.

"자! 뚜껑 땄으니까 그냥 마셔!"

유키가 페트병을 건네자, 사야카는 가까스로 받아 들더

니 그대로 입으로 가져갔다.

꿀꺽꿀꺽하고 물을 삼키는 소리가 들리고, 페트병 속 물이 찰랑거리며 점차 줄어드는 모습이 현관 조명에 반사되어 보였다. 사야카는 입가에 물을 흘리면서도 단번에 절반 가까이 마시고는 드디어 입을 뗐다.

"아아……, 살았다. 고마워요."

"아니야. 그나저나 웬 탈수 증세? 집 안에서 길이라도 잃은 거야?"

"아니요, 설마요. 혼자 있을 때는 눈 뜰 수 있다고요."

사야카는 잠시 숨을 고르더니 으쌰, 하며 일어섰다. 그대로 벽에 손을 짚으며 거실로 향하려다 도중에 문이 열려 있는 걸 몰랐는지 어어! 하는 얼빠진 소리를 내며 대차게 넘어지고 말았다.

"뭐 하는 거야. 안 다쳤어?"

유키는 사야카를 살피려고 문 안쪽을 들여다봤다. 그곳은 욕실이었다.

얼굴만 넣었는데도 습기가 확 끼쳤다. 정말 씻고 바로 나왔는지 새하얀 세면대에는 토너 같은 자질구레한 물건이 널려 있고 바닥에는 발 매트가 나와 있었다. 활짝 열린 샤워 부스에도 삼면에 물방울이 맺혀 있었다.

"이게 다 무슨 난리냐……."

유키가 어질러진 욕실을 언급하자 이마를 짚으며 사야카가 입을 비죽거렸다.

"서둘러 나오느라 정리할 새가 없었어요! 그럼 뭐, 더 기다리게 하는 게 맞아요? 그래요?"

"그런 뜻이 아니고······. 아니, 기다리는 거야 얼마든지 기다리지."

그렇게 말하며 유키는 다시금 욕실 쪽으로 눈을 돌렸다. 뭔가 어색했다.

으레 있어야 할 무언가가 빠진 데서 오는 어색함이었다.

하지만 사야카는 아무것도 눈치채지 못한 채 유키의 대답을 어물쩍 넘기며 물었다.

"그, 그래요? 흐음······, 그런데 여기 어디 선글라스 떨어지지 않았나요? 이쪽에는 없는 것 같아서."

"응, 있어. 자."

유키는 어색함의 정체를 찾는 대신 안쪽으로 굴러간 선글라스를 주워 마룻바닥을 더듬고 있는 사야카에게 건넸다. 그러고는 그녀가 다시 넘어지지 않도록 문을 꼭 닫았다.

"그래서, 탈수의 원인은 이 거실에 있는 거야?"

"맞아요. 아직 못 봤어요?"

유키는 못 봤다고 대답했다.

"물 생각밖에 없기도 했고 무엇보다 완전 캄캄했으니까.

제대로 본 건 냉장고 속 정도 같은데."

"그렇겠네요. 그럼, 지금 불을 켤게요."

거실로 들어간 사야카는 벽을 더듬으며 조명 스위치를 찾아 눌렀다.

곧이어 제 모습을 드러낸 거실의 광경에 유키는 할 말을 잃고 말았다.

"……아, 아수라장이잖아?"

간신히 입 밖으로 꺼낸 말이었다.

거실에는 정중앙에 놓인 큼지막한 책상 하나와 방석이 전부였다. 여자가 쓰는 공간이라기보다 차라리 비즈니스호텔에 가까운 분위기. 거기에 바닥에 어지러이 흩어져 있는 수많은 종이와 골판지 상자로 외풍을 막아놓은 창문 때문에 언뜻 사건 현장처럼 보이기도 했다.

"이게 대체……."

유키는 바닥에 널브러져 있는 종이 한 장을 집어 들고는 뒤집어 봤다. 순간 눈이 휘둥그레졌다.

종이에는 선 같지 않은 선들의 집합체, 흔들리는 필체로 삐뚤빼뚤 그려놓은 인체 드로잉이 가득했다. 유키는 반사적으로 다른 종이를 집어 들었다.

이번에도 비명이 나올 뻔한 것을 간신히 참았다.

거의 백지상태인 것부터, 크로키처럼 포즈를 딴 인체 드로잉이 빼곡한 것, 자포자기한 듯 박박 지운 흔적이 가득한 것까지 제각각이었다.

　그래도 역시 데생 스케치가 가장 많은 듯했다. 마치 뭔가를 후려치거나 깨부수고 도려내려는 듯한, 어떻게든 답을 찾아보려고 헤매온 사야카의 고뇌가 종이마다 고스란히 담겨 있었다.

　바닥에 널린 모든 것이 사야카가 노력한 흔적이었다.
　그 노력의 흔적이 죄다 바닥에 무참히 흩어져 있었다.

　"대체 언제부터 그린 거야?"
　수많은 사체(낙서) 앞에서 얼어붙은 유키의 뒷모습을 향해 사야카는 담담하게 대답했다.
　"금요일에 유키 군과 데생 마치고 집에 온 후부터요."
　"그럼……."
　"아까 초인종이 울릴 때까지 그렸어요."
　초연한 그녀의 대답에 유키는 모든 상황을 이해하고는 아아, 가늘게 신음을 내뱉었다.
　목소리조차 제대로 나오지 않았다.
　"바보네."
　"바보죠. 바보라서 아무리 그려도 감이 잡히지 않아요.

사람 얼굴이 어떻게 생겼었는지 모르겠어요."

유키가 돌아보자, 사야카는 참회하는 죄인처럼 작게 중얼거렸다.

"데생은 그저 피사체를 베낀다는 느낌으로 옮겨 그리면 됐어요. 하지만 막상 러프를 그리려고 하면 힘들어요. 제가 그린 건……, 기껏해야 정교한 모형이나 신선한 사체에 지나지 않아요."

모형이나 사체라니. 사야카가 그려야 하는 건 살아 있는 인물이다.

"그래서 계속 애를 써봤지만 안 됐어요. 민폐 끼치지 않으려고 한 노력이 결국 민폐가 됐으니 아이러니네요."

"민폐라니, 뭐가?"

"러프 하나 제대로 못 그리는 애송이가 일주일 넘게 데생 모델을 부탁하다니, 모델한테도 엄청난 민폐잖아요."

사야카는 안쓰러울 정도로 밝은 척하며 대답했다.

"1년 넘게 인물화에만 집중해 왔어요. 이왕 여기까지 왔으니 끝까지 복수를 완수하고 싶어요. ……아니, 완수해야 해요."

사야카의 꿋꿋한 독백은 바늘을 쏟아내는 것 같았다. 자신을 봉인하기 위한 바늘.

피투성이가 돼버린 목에서 쏟아지는 바늘은 듣는 이의

마음도 찔러댔다.

유키는 사야카가 쏟아낸 바늘에 마음을 찔린 채 입을 열었다.

"우선 사과부터 할게. 미안."

그러고는 2초 정도 중지에 힘을 모아 사야카의 새하얀 이마에 꿀밤을 날렸다. 뼈와 손톱 끝이 부딪히며 딱! 하는 소리가 고요한 방에 울려 퍼졌다. 그리고 이내 비명이 들려왔다.

"아야!? 아니, 이게 대체 무슨!"

사야카는 이마를 문지르며 기가 막혀 어쩔 줄 몰라 했다.

앞이 보이지 않는 상황에서 입은 갑작스러운 타격이었기에 당연한 반응이었다.

"내가 꿀밤 때렸어. 과감하게, 무자비하게."

"아니, 갑자기 뭐 하는 짓이에요? 머리에 구멍이라도 낼 작정이에요? 뇌가 밖으로 쏟아지는 줄 알았다고요!"

"쏟아지면 쏟아지는 거지. 그런 멍청한 뇌는 다 쏟아버리고 대신 물감이라도 채워 넣어."

"지금……, 멍청하다고 했어요? 맞죠!?"

"아까도 말했고 너도 인정했잖아! 지금 그것 때문에 화를 내는 거야?"

어처구니없는 사야카의 반응에 유키는 당황했지만 강경

한 말투를 유지했다.

"그래, 바보 맞아. 사야카는 바보고……, 나도 바보야."

후회와 자신을 향한 분노로 속이 타들어 가면서도 유키는 사야카에게 자신의 실수를 인정했다.

"네 각오와 진심을 보지 못했어. 이러면 계속 그리기 힘들다는 둥 그런 경솔한 말로 널 죽였어."

"죽였다니, 말이 지나쳐요. 제가 한 일인데요."

"지금 누굴 감싸주는 거야? 너 자신부터 챙겨!"

유키가 진심으로 화가 나서 고함을 지르자, 사야카가 흠칫 놀라며 몸을 움츠렸다.

"미안, 방금은 내가 지나쳤어."

유키는 사과한 뒤, 말을 이었다.

"사야카를 이렇게까지 밀어붙이는 게 무슨 감정인지는 모르겠어. 사연도, 마음의 무게도, 아픔도 몰라. 하지만 보통 의지가 아니라는 건 알겠어. 나한테도 전해져. 바닥에 흩어진 이 그림을 보면 알고 싶지 않아도 알게 돼."

한마디로 이 모든 건 눈동자로 감정을 나눌 수 없었던 두 사람의 소통이 어긋난 결과이자 오랜 시간 마음을 닫고 살아온 데에서 비롯한 필연적인 폐해였다.

하지만 수많은 스케치에서 그녀의 마음이 느껴지고, 들리고, 보였다.

유키는 이제라도 그 바람에 응답하고 싶었다.

"사야카. 오늘 다른 일정 있어?"

갑작스러운 유키의 질문에 사야카는 멀뚱히 고개를 가로저었다.

"아무것도 없어요."

"그럼, 지금부터 나갈 거니까 준비해. 걸어서 갈 수 있는 거리니까 돈 걱정은 하지 말고. 필요하면 내가 낼게."

"아, 지금부터요? 어디요?"

지극히 당연한 질문에 유키는 사야카의 손을 잡으며 말했다.

"뻔하잖아. 네가 그림을 그릴 수 있게 해줄 곳이야."

7

외출복이 없다며 교복으로 갈아입은 사야카를 데리고 나온 지 15분.

"그래서 어딘데요? 그림을 그릴 수 있게 해줄 곳이?"

기울어 가는 태양 아래, 선글라스를 쓴 한 여고생이 보조지팡이를 짚은 채 유키의 오른쪽 팔꿈치를 붙잡고 언덕길을 내려가며 물었다. 옆에서 보기에 상당히 기이한 광경이겠다고 생각하며 유키가 대답했다.

"그럴 수 있게 해줄 곳이 아니라, 그리기 위해 가야 할 곳이야. 가기만 하면 절로 그릴 수 있게 된다는 건 아니니까 착각하지 말고……, 다 왔다. 들어간다."

오늘의 추천 메뉴를 적어놓은 입간판을 지나 유키가 왼손으로 출입문 손잡이를 잡아당겼다. 딸랑딸랑하고 가벼운 종소리가 울렸다.

"네, 어서 오세요."

안으로 들어서자 은은한 선율의 발라드가 들려오고, 차분한 분위기와 색감으로 둘러싸인 공간이 펼쳐졌다. 곧이어 계산대에서 하얀 사기그릇을 매만지던 대머리 남성이 고개를 들었다.

"오랜만이에요. 쓰루마루 아저씨."

오랜만이라는 유키의 말에 대머리 남성은 기억을 더듬기라도 하듯 미간에 주름을 잡았다. 하지만 이내 흠칫 놀라더니 눈을 동그랗게 뜨며 물었다.

"……혹시 사하라냐?"

"네, 개인전 때 뵙고, 처음이네요. 여전히 건강해 보이셔서 다행이에요."

유키가 정중하게 인사를 건네자 쓰루마루라는 남성은 반질반질한 자신의 뒷머리를 문지르며 조금 전과는 달리 반가운 목소리로 말했다.

"이야, 진짜 오랜만이네. 아니, 이거 히노야마 교복이잖아. 이제 돌아온 거야?"

"아, 아버지만 가신 거예요."

"그랬구나. 아버지는 건강하시지?"

"……건강하시겠죠? 잘 모르지만."

"하하, 안부 좀 전해줘. 그런데 오늘은 무슨 일로?"

사정이 있다는 걸 눈치챈 쓰루마루는 곧바로 용건을 물었다.

"오늘은 친구인 미스미한테 아저씨 그림을 좀 보여주려고 왔어요. 갑작스럽게 죄송해요."

"죄송하긴 무슨! 그럼, 그 뭐냐, 교복 데이트? 좋다, 청춘이구나!"

"그게 아쉽게도 데이트는 아니에요."

"방금 친구라고 했잖아?"

"말 그대로 친구라는 소리예요. 여자친구라는 뜻이 아니니까 행여 오해하지는 마시고요."

"아하하. 일단 그런 줄 알고 있을게."

쓰루마루는 묘하게 의미심장한 투로 대답하며 두 사람을 바라봤다. 그러고는 줄곧 잠자코 있던 사야카 쪽을 흘긋 쳐다보더니 말했다.

"그림이야 얼마든지 봐도 되니까, 저 친구가 감상하기 편하게 해주라고."

"네?"

"사람마다 표현 방법이 다르듯이 감상법이나 수단도 다르니까. 저 친구가 편한 대로 해주는 게 가장 좋을 거야."

부드러우면서도 또렷한 그의 목소리에 유키는 미소가 나왔다.

"어쩌다 보니 사람들 앞에서는 눈을 못 떠요. 그러니까 저희 말고 다른 사람만 들이지 않으면 괜찮을 거예요."

유키의 대답에 쓰루마루는 뒷머리를 두드리며 하하, 하고 웃었다.

"그 정도야 일도 아니지. 벌레 한 마리 못 들어가게 할 테니까 마음껏 감상하라고. 다행히 지금은 아무도 없어서 바로 들어가도 되니까."

"감사합니다. 가자, 사야카."

유키는 사야카의 손을 잡고 입구 바로 옆에 놓인 계단으로 올라갔다.

"저, 무슨 상황인지 하나도 모르겠는데……. 뭐가 어떻게 된 거죠?"

"미안, 혼자 무안했지? 여기는 '크레인Crane'이라는 카페야. 주인인 쓰루마루 씨는 내 지인이고. 겉모습은……, 늙은

베트남 고승이 카페 주인장 흉내 내는 느낌? 근데 속은 번 뇌투성이에 특히 젊은 사람 연애담을 무지 좋아해. 늙었다고는 했지만, 아직 환갑도 안 됐을걸. 이제 두 계단만 올라가면 돼. 넘어지지 않게 조심."

계단을 다 올라온 사야카는 유키가 이끄는 대로 따라갔다.

문 여는 소리가 들려 곧장 안으로 들어섰다. 곧 문이 닫히면서 발라드 선율도 끊겼다. 딸깍하고 문 잠그는 소리가 나자 드디어 외부 세계와 단절된 느낌이 들었다.

"됐다, 빨리 시작하자. 안대 좀 빌려줄래?"

사야카는 유키의 재촉에 엉겁결에 안대를 건네다가 물었다.

"여기서 데생을 그리라고요?"

"아니, 아니. 그림을 볼 거야."

"그림……? 여기가 뭐 하는 곳인데요?"

"아, 맞다. 그 설명도 해야지. 2층은 갤러리 공간이야."

"갤러리 공간?"

"그림을 전시하는 공간. 대여도 해주는데 아무도 빌리지 않을 때는 쓰루마루 씨가 본인 그림을 걸어둬. 한마디로 전시회를 열 수 있는 카페야."

"아."

"그런 곳이 있구나" 하고 사야카는 순수하게 감동했다.

"내가 사야카를 이곳에 데려온 이유는 두 가지야. 하나는 이 갤러리의 '그림과의 대화'라는 콘셉트. 네가 사람들 앞에서 눈을 못 뜨는 것도 있지만, 애초에 여기는 다른 사람 신경 쓰지 말고 오직 그림에만 몰두해 달라는 뜻에서 한 번에 두 사람까지만 입장을 받아."

"아, 그래서 아까 다른 사람은 들이지 말아달라고……."

"맞아. 그리고 그림에 집중하도록 외부 정보가 들어오지 않게 방음 시설도 갖춰놓고 창문이나 거울도 없앴어. 어쨌든 사야카가 눈을 뜰 수 있는 장소야."

"내가 눈을 뜰 수 있는 장소."

사야카는 유키가 한 말을 곱씹듯 중얼거렸다. 그러는 사이에 희미하게 옷감 스치는 소리가 나는가 싶더니 곧이어 의자가 삐걱거리는 소리가 들렸다.

"안대 썼어. 이제 눈 떠도 돼."

사야카는 시키는 대로 선글라스를 벗고 천천히 눈을 떴다. 조명 때문에 실눈을 뜰 수밖에 없었지만, 시간이 지나면서 서서히 눈이 빛에 적응하자 앞에 놓인 그림이 시야에 들어왔다.

"……굉장하다."

사야카 앞에는 투구벌레를 손에 든 채 활짝 웃고 있는 소년이 담긴 6호짜리 작품이 놓여 있었다.

만면에 흘러넘치는 미소가 자아내는 평화로움과 상쾌함. 투구벌레와 푸르른 잡목의 생명력. 땀이 흘러 몸에 달라붙은 셔츠와 나뭇잎 사이로 비치는 햇살이 빚어내는 공간감. 그 모든 게 오직 하얀색과 검은색으로만 표현되어 있었다.

"모노크롬이라고 하죠? 이런 거."

"맞아. 원래는 단색으로 그린 그림을 말하는데 지금은 흑백 그림이면 다 모노크롬이라고 해. 이건 연필로 그린 모노크롬. 이른바 궁극의 러프 드로잉이지."

"굉장하네요."

"맞아, 굉장하지. 실은 쓰루마루 씨는 이런 모노크롬 풍의 인물화만 그려. 왜 그런지 알아?"

"⋯⋯음, 이런 풍의 그림이 좋아서?"

사야카가 머뭇머뭇 대답하자 유키가 후후, 하고 웃었다.

"정답."

"정말요?"

어리둥절해하는 사야카를 향해 유키가 말을 이었다.

"쓰루마루 씨는 이른바 색각이상色覚異常을 앓고 있어서 우리하고는 보는 세계가 달라. 1형 2색각이라고 해서 빨간색을 잘 구별 못 한대. 하루는 잔뜩 취해서 '피랑 소변도 구분이 안 되니 내 몸에 흐르는 게 깨끗한지 지저분한지도 알 수가 없어. 그러면 그냥 있는 그대로 그리는 수밖에 없잖아'

라고 하더라. 혀가 꼬여서 발음은 훨씬 지저분했지만, 아저씨가 한 말 중에 이것만큼은 계속 기억에 남았어."

"그냥, 있는 그대로……."

사야카가 무심코 중얼거리며 따라 하자, 뒤에 있던 유키가 "맞아" 하고 수긍했다.

"내가 널 이곳에 데려온 또 하나의 이유가 그거야. 넌 옮겨 그리기만 해서는 모형이나 사체밖에 안 나온다고 했지? 하지만 쓰루마루 씨는 전부 옮겨 그림으로써 피사체를 남김없이 표현해. 두 사람이 어떤 차이가 있는지 비교해 보면 뭔가 답을 찾을 수 있지 않을까 싶었어."

"그리고" 하고 유키는 자랑스러운 듯 덧붙였다.

"쓰루마루 씨는 일본에서도 정말 몇 안 되는, 그림만으로 먹고사는 화가야. 카페 유지비의 절반 이상을 어쨌든 그림을 팔아서 메꾸고 있거든."

"대단하기는 하지만 카페 쪽은 그다지 잘 되는 것 같지 않네요……."

"조용한 걸 좋아하는 사람이라 본인은 만족할 거야."

"순전히 취미로 하는 거라고 말하기도 했고"라며 유키는 카페에 관한 설명을 마무리했다.

"그럼, 이제 시작해 볼까? 내가 본 후에 사야카가 보고, 그런 다음 감상을 나누는 식으로 한 점씩 순서대로 진행해

보려고 하는데 어때? 좀 번거롭겠지만."

"그게 좋겠어요. 해봐요."

이렇게 해서 두 사람은 화가 쓰루마루 히로나가의 작품을 이것저것 감상했다.

예를 들면 투구벌레를 손에 들고 미소 짓는 소년.

"멋진 미소네요. 보는 사람까지 웃음 짓게 해요."

"흥분이랑 더위로 붉게 상기된 볼까지 표현했어. 대단하다."

"저도 이렇게 그려보고 싶어요. 다음 데생 때, 운동장 열 바퀴만 뛰고 시작할까요?"

"아니! 무슨 말도 안 되는 소리야?"

다음으로 토끼풀 왕관을 받고 춤추는 소녀.

"이건 소녀라면 동경할 만한 장면이에요."

"한 번쯤 꿈에 그릴 법한 풍경이지. 여름 배경이라면 해바라기 밭에 밀짚모자 쓴 아이 같은."

"하지만 해바라기 밭은 날벌레가 원피스에 들러붙어서 찝찝해요."

"남자의 꿈을 짓밟지 말라고……."

스키장의 새하얀 눈밭에 엎드려 있는 소녀들.

"스키장 광고에 써도 되겠어요."

"여행 광고가 더 어울리지 않아? '동성 친구끼리 스스럼없이 떠나는 최고의 여행!' 같은."

"안타깝지만, 여자끼리 스스럼없이 놀 수 있는 건 초등학교 저학년 때까지예요."

"그런 건 굳이 알려주지 않아도 돼."

이번에는 모닥불을 앞에 두고 어깨를 맞댄 소년과 소녀.

"불꽃이 반사되는 모습이 예쁘네요……. 주변 풍경이 물든 것처럼 보여요."

"한 번쯤 해보고 싶어. 이렇게 낙엽 모아서 모닥불 지피는 거."

"실제로는 저렇게 잘 타지 않아요. 뒤처리도 힘들고요."

"왜 아까부터 자꾸 쓸데없는 소릴 하는 거야?"

유키와 사야카가 그림을 모두 감상하고 나자 어느덧 두 시간이 훌쩍 흘러 있었다.

"또 오렴. 다음에는 네 개인전도 열자고."

"네, 기회 되면요."

"아가씨도 또 와요. 커피만 마시고 가도 되니까."

"네, 그럴게요."

쓰루마루의 미소 띤 배웅을 받으며 밖으로 나오자 해는 이미 완전히 저물어 있었다.

유키는 건물 사이로 보이는 하현달을 올려다보며 어깨

를 으쓱했다.

"너무 오래 지체했네. 좀 더 빨리 끝낼 생각이었는데."

"전 오히려 너무 짧게 느껴졌어요. 할 수 있으면 쓰루마루 씨랑도 얘기해 보고 싶었는데."

"저 사람 은근히 성가셔."

한숨 섞인 유키의 대꾸에 사야카는 후후, 하고 웃었다.

할 말이 떨어진 두 사람은 한동안 아무 말 없이 가게 앞에 서 있었다. 어색함을 참지 못하고 먼저 침묵을 깬 사람은 유키였다.

"그럼, 이제 어떡할까?"

"어떡하다니요? 뭘요?"

"아니, 집으로 가든지, 아니면 안 가든지……."

"든지? 아니, 딴 계획이 있는 거 아니었어요? 데리고 나온 건 유키 군이니까 이후 일정도 그쪽이 정하는 게 맞는 것 같은데."

"그……, 뭐."

웅얼웅얼 알아들을 수 없는 말을 중얼거리는 유키의 모습에 급기야 사야카가 웃음을 터뜨렸다.

"왜 갑자기 웃고 그래?"

유키가 당황하자 사야카는 얼굴만이라도 가리려는 듯 고개를 돌렸다. 하지만 움츠린 어깨가 킥킥거리는 소리에 맞춰 들썩이고 있었다. 아직도 웃고 있는 모양이었다.

유키는 문득 '전에도 이렇게 웃은 적이 있었는데' 하고 그리 오래되지 않은 기억을 떠올렸다.

"아니, 너무 웃겨서요."

사야카는 후우, 하고 딸꾹질을 멈출 때처럼 크게 숨을 내뱉고는 드디어 유키 쪽을 돌아봤다.

"그림 보여줄 때는 억지로 끌고 나오다시피 해서 그렇게 수다를 떨더니, 정작 다 보고 나니까 갓 태어난 새끼 사슴처럼 굴잖아요. 그러니 안 웃고 배기겠어요?"

부드러운 목소리와 달리 입가는 여전히 삐죽거리고 있었다.

"솔직하게 말하면 되잖아요. '할 말이 있으니 다른 데 들렀다 갈까?' 하고."

사야카가 놀리듯 말하자 유키는 그제야 본심을 털어놨다.

"나도 그러고 싶은 마음이야 굴뚝같았지만 사람 많은 곳에 데려가고 싶지 않았어. 주변에 마땅히 조용한 곳도 없고. 그럼 그냥 사야카 집으로 가는 게 가장 좋겠지만 남의 집에 함부로 들어가기도 좀 그래서……, 이래저래 생각이 많아졌어."

"아, 유키 군 딴에는 절 배려하느라 그랬군요. 그것도 모르고 미안해요."

사야카는 고개를 숙여 사과하더니 불쑥 얼굴을 쳐들었다.

"그럼, 이번에는 제가 부탁 좀 할게요."

"부탁?"

유키가 고개를 갸웃하자 사야카가 말했다.

"데려가 줬으면 하는 장소가 있어요."

8

사야카가 알려준 장소를 지도 앱에 입력하고, 음성 안내에 따라 주택가를 지나 드디어 목적지에 도착했다. 유키가 도착한 **장소**를 올려다보며 중얼거렸다.

"산이잖아."

눈앞에는 낙엽으로 뒤덮인 언덕길과 울창한 잡목림이 빽빽이 들어선 야트막한 산이 펼쳐져 있었다.

"산이 아니라 공원이라니까요. 여기 어디 표지판이 있을 거예요."

주위를 둘러보니 테이산舞山 공원이라는 간판이 보였다. 역시 산은 산이었다.

"근데, 여길 올라가자고?"

한밤중 오르막길은 칠흑같이 컴컴한 데다 군데군데 가

로등이 자리한 곳만 창백한 빛을 발하고 있어 마치 벌레 먹은 것처럼 보였다. 사람이라도 서 있었다면 그 길로 줄행랑을 쳤을 것이다.

"정 무서우면 손이라도 잡을까요?"

"그 정도까지는 아니야! 괜찮아. 올라갈 수 있어. 올라간다고!"

"아, 정말 무서운가 보네. 무서우면 언제든 말해요."

어린아이 달래듯 미소 짓는 사야카의 얼굴을 뒤로하고 유키는 산을 오르기 시작했다.

"……그냥 손잡고 갈까요?"

"너도 무섭구나?"

이런 대화를 나누며 산길을 오른 것도 잠시, 주택가 한가운데에 덩그러니 자리 잡은 야트막한 산이라 정상까지는 채 2분도 걸리지 않았다.

정상은 완만한 평지였다. 아스팔트로 포장된 둘레길에 가로등이 겨우 세 개뿐이라 공원 대부분은 암흑에 잠겨 있었다. 하도 어두워서 휴대전화를 꺼내 라이트를 켠 뒤에야 건너편에 자리한 숲이 눈에 들어왔다.

"엄청 어둡다. 초승달 뜬 날에는 앞이 거의 안 보이겠는데?"

"굳이 그런 소리 하지 말아요. 저까지 무섭잖아요."

"넌 계속 눈 감고 있으니까 똑같지 뭐!"

"그래서 종일 무섭다고요."

"뭔 소리야?"

유키는 농담 같지도 않은 농담에 맞장구쳐 줄 기분이 아니었다.

"이제 어디로 가면 돼?"

"둘레길 어딘가에 숲 안쪽으로 들어가는 길이 있으니까 그쪽으로 가주세요."

사야카의 추가 요청에 유키는 식겁했지만 여기까지 온 이상 어쩔 수 없다고 마음을 다잡으며 안으로 걸음을 옮겼다. 그러자 정말 숲으로 이어지는 좁다란 길이 나타났다. '살무사 출몰 주의!'라는 푯말과 뱀 그림이 그려진 표지판이 오히려 반갑게 느껴질 지경이었다. 어둑한 오솔길을 두 사람은 마른침을 삼키며 걸어갔다. 이윽고 출구가 보이기 시작하자, 유키는 사야카가 자신을 여기까지 데려온 의도를 알아차리고 라이트를 껐다.

"우와……."

숲을 빠져나와 마주한 풍경에 유키는 자신도 모르게 탄성을 질렀다.

낙하 방지용 울타리와 벤치밖에 없는 그 작은 공간 너머로 드넓은 밤하늘 아래 호젓하게 자리 잡은 마을의 야경이 펼쳐졌다.

주택가와 아파트에서 새어 나오는 불빛. 역 근처 대로변의 쇼핑몰과 지나다니는 자동차가 비추는 조명. 인간의 생업으로 말미암은 이 불빛은 밤하늘에서 빼앗은 무수한 별의 자리를 대신하기라도 할 것처럼 대지를 뒤덮으며 장관을 연출했다.

"반응을 보니 이곳 풍경은 여전한가 보네요. 다행이에요."

옆에서 사야카가 어딘지 모르게 안도한 듯한 목소리로 말했다. 손바닥의 주름조차 보이지 않는 어둠 속에서도 유키는 사야카가 '그럴 줄 알았지' 하며 흡족한 미소를 짓고 있다는 걸 알 수 있었다.

"여기는 저만의 비밀 장소예요. 분명 근처에 벤치가……, 다행히 아직 있네요."

오랜만에 왔지만 어디에 뭐가 있는지 훤히 꿰뚫고 있는 듯 사야카는 지팡이로 벤치를 탕, 두드리더니 익숙하게 자리에 앉았다. 사야카에게 팔꿈치를 붙들린 탓에 유키도 자연스럽게 옆에 앉았다. 그리고 다시 야경으로 눈을 돌리자, 불현듯 희미한 옛 기억이 떠올랐다.

"이 경치, 본 적 있는 것 같아."

"어, 전에 저랑 온 적 있었나요?"

"아니, 없을걸. 뭐랄까, 직접 봤다는 건 아니고."

"그럼 인터넷 뉴스에서 봤나요?"

유키는 머릿속을 스쳐 가는 어슴푸레한 영상에 의지해 기억을 끄집어내려 애썼다.

그러고는 마침내 떠올렸다.

"맞다, 그림이야."

그렇게 말하자마자 기억이 선명하게 되살아났다.

"자신이 가장 좋아하는 장소를 그리라는 과제가 있었는데 네가 여기를 그렸어."

"여기는 사라하고 같이 모험을 떠났다가 발견한 곳이야! 몇 시간이나 헤맸다고!"

유키는 낭랑한 피리 소리 같던 사야카의 들뜬 목소리를 떠올렸다.

솔직히 초등학생에게는 벅찬 과제였다. 여태까지 하나의 소재만 정해서 그려왔던 아이들한테 여러 소재를, 그것도 넓게 조망하여 그린다는 건 난이도도 그렇고 완전히 다른 차원의 작업이었다. 끝내 완성하지 못한 아이도 있었다. 유키도 그런 아이 중 한 명이었다.

하지만 사야카는 보란 듯이 완성했다.

밤하늘 속 별 무리처럼 반짝이는 거리의 조명과 그 뒤로 굽이굽이 뻗어 있는 구름의 실루엣.

드넓은 야경이 내뿜는 원근감이 보는 이에게 작은 산봉

우리에 서 있는 듯한 기분을 안겨주었다.

빛을 세밀하게 활용한 데다 아름다운 밤하늘까지 더해져 선생님도 가장 높은 점수를 주었다.

"생각난다. 네가 활짝 웃으면서 다음번에 데려가 주겠다고 했었는데."

하지만 일주일 뒤, 사야카는 요양을 위해 이사를 가게 되었고, 결국 이곳에 오는 일은 없었다.

"데려와 줘서 고마워. 멋진 풍경이야."

유키가 약속을 지켜준 데에 감사를 표하자, 옆에서 잠자코 앉아 있던 사야카가 조용히 말했다.

"……저야말로 유키 군과 함께 와서 좋았어요."

선선한 바람이 두 사람 사이를 통과했다. 청량한 가을바람이었다.

"그건 그렇고 오늘 갤러리는 어땠어? 좋은 자극이 됐어?"

유키의 질문에 사야카는 콧소리를 내더니 다시 침묵했다.

"솔직히 말해서 그 그림을 보기 1초 전까지만 해도 그림 좀 본다고 뭐가 달라질까 싶었어요."

불쑥 날아든 사야카의 대답에 유키는 자신도 모르게 마른침을 삼켰다.

그 정도로 솔직하게 본심을 말할 줄은 몰랐다.

반면에 사야카는 일단 얘기를 꺼내자 술술 말을 이었다.

"그림이야 화집 같은 자료집으로도 볼 수 있는데, 그거 좀 본다고 뭐가 바뀌겠나 하는 불만만 들더라고요. 그래도 유키 군을 믿고 눈을 떴더니, 잘 표현할 순 없지만…… 하여간 마음이 움직였어요. 이런 기분이 얼마 만인가 싶더라고요. 어쩌면 처음일지도 몰라요. 유키 군이 집까지 찾아와서 절 밖으로 데리고 나가지 않았다면 분명 이런 느낌은 경험하지 못했을 거예요."

"그래서 고마워요" 하며 사야카는 살짝 고개 숙여 인사했다.

"다행이다."

유키가 안도하며 무심코 올려다본 밤하늘에는 페가수스 별자리가 빛나고 있었다. 몇 안 되는 별과 무수히 많은 도시의 불빛을 바라보고 있자니 자연스레 본심이 흘러나왔다.

"……하, 안심이야. 재미없었다고 하면 어쩌지, 하고 계속 생각했거든."

"그럴 리가 없잖아요. 유키 군과 함께라면 전 평범한 산책도 즐거워요."

"나도 산책은 언제든 환영이야. 그렇지만 머리로는 알아도 어쩔 수 없이 신경 쓰이는 게 있잖아. 이래도 내일 러프가 완성 안 되면 어쩌지 하는."

농담 섞인 그의 말에 사야카는 옆에서 여유롭게 웃어 보였다.

유키는 이제 됐다고 생각했다.

분명 사야카는 러프를 그릴 수 있을 것이다.

다음 날.

애석하게도 학생 지도실에서 유키가 마주한 것은 몇 장의 종이 뭉치뿐이었다.

☆ ☆ ☆

방과 후 학생 지도실은 풀솜을 쑤셔 박은 듯한 적막감으로 가득했다.

"미안해요. 결국, 완성 못 했어요."

사야카는 고개 숙여 사과했다. 맞은편에 앉은 유키 앞에는 종이 뭉치가 놓여 있었다.

종이에는 예전 같은 사체(낙서)가 아닌 정성을 담아 정교하고 치밀하게 사람의 형태를 그려낸 선이 가득했다. 하지만 그럴싸해 보이는 부분은 어깨 위, 정확히는 목까지였다.

목 위로는 마치 아지랑이가 피듯 선이 삐뚤빼뚤하고 중간중간 끊겨 있었다.

"……뭐가 문제였던 걸까?"

종이들을 내려다보며 유키는 가슴속에서 몇 번이나 치고 올라오는 의문을 억누르지 못한 채 입 밖으로 꺼냈다.

"어제 봤던 그림은 소용없었던 걸까? 쓰루마루 씨의 그림도 네 마음을 움직이기에는 역부족이었나?"

신음에 가까운 유키의 자문에 대답한 사람은 사야카였다.

"유키 군은 아무 잘못 없어요. 물론 쓰루마루 씨도요. 전부 제 잘못이에요."

"위로는 고맙지만 사야카가 잘못한 건 아무것도—"

"위로가 아니에요."

사야카의 결연한 목소리에 유키는 고개를 들었다.

"러프조차 못 그리는 진짜 이유는 따로 있으면서 제가 모형이니 사체니 하며 핑계만 댔어요."

순간, 유키는 눈앞이 아찔했다. 현기증이 아니라 세상이 통째로 흔들리는 느낌에 가까웠다.

"핑계? 그게 무슨 말이야?"

"핑계라는 표현은 좀 지나쳤네요. 그건 그것대로 나름 제 본심이었어요. 하지만 좀 더 근본적이고 치명적인 문제가 있어요."

"그게 뭔데?"

유키의 질문에 사야카는 작게 숨을 들이쉬고는 사실을 고백했다.

"제가 그려야 하는 건 바로 저예요."

9

갑작스러운 사야카의 고백에 유키는 어리둥절했다.

"러프가 안 되는 게 자신을 그려야 하기 때문이라고……?"

"그렇게 말하면 유키 군은 바로 이해할 줄 알았는데."

여차하면 금방이라도 눈물을 터뜨릴 듯한 사야카의 미소에 유키는 가슴이 미어졌다.

"……미안."

"그 말은 '아직은 무리야'라고 못 박는 것과 같아요. 어쨌든 알아듣게 설명이 필요한 거죠? ……어제 저 넘어졌던 거 기억해요?"

사야카의 질문에 유키는 기억을 떠올리고 말 것도 없이 바로 대답했다.

"욕실에서 대차게 미끄러져서 선글라스 날아갔던 거?"

"말을 해도……, 어쨌든 맞아요. 그때 뭔가 이상하다는 느낌 못 받았어요?"

유키가 기억을 더듬자, 이내 낯설었던 느낌이 떠올랐다.

"이상했어. 이상했는데 그게 뭐 때문인지는 몰랐어."

"거울이요."

"거울?"

"네, 그곳……. 아니, 제가 사는 집에는 거울이 없어요. 입주하면서 모두 치워버렸거든요."

"아. 철저하구나……, 으응?"

사야카의 대답에 유키는 다시 기억을 더듬었다. 분명 그 집에는 거울이 없었다. 하지만 동시에 의문이 들었다.

왜 거울을 치운 거지?

처음에는 타인을 비추는 물건을 없애기 위해서라고 생각했다. 하지만 그렇다면 굳이 거울을 치울 필요는 없다. 혼자 있다면 타인이 거울에 비칠 일이 없고, 타인이 집에 와도 눈을 감고 있으면 그만이다. 실제로 유키가 찾아갔을 때도 사야카는 눈을 감고 있었다.

거울을 치울 필요가 없는데도 사야카의 집에는 거울이 없다. 어째서일까?

유키가 **답을** 찾기까지는 그리 오래 걸리지 않았다.

"……말도 안 돼."

있을 수 있는 일인가? 그럴 리 없다. 하지만 유키가 마주한 것은 변명의 여지가 없는 명백한 진실이었다.

"넌, 너 자신도 볼 수 없는 거구나……?"

무심결에 나온 유키의 대답에 사야카는 엷은 미소를 지

었다.

안도감에서 나오는 미소라는 걸 유키는 바로 알아봤다.

자신의 죄를 드디어 누군가에게 털어놨다는 안도감에서 나오는 미소.

"정확히 말하면 제가 정말 보지 못하는 건 저 자신이에요. 타인을 못 보는 건 그 모습이 제가 가장 두려워하는 저와 닮았기 때문이래요."

사야카는 미소를 머금은 채 흡사 남 얘기하듯 말했다.

믿기지 않았다. 도저히 믿을 수가 없었다. 하지만 이론적으로는 이해 못 할 얘기도 아니었다.

인간을 믿지 못하는 사람은 하나같이 인간 자체를 두려워한다. 정작 두려워해야 할 대상은 인간을 믿지 못하게 만든 상대 한 사람인데 말이다. 이유는 제삼자에게서도 공포의 대상이 보이기 때문이다. 사야카의 경우, 그 공포의 대상이 자기 자신이었다. 한마디로 최악의 경우였다.

"말도 안 돼."

'얼굴이 없는 상태야.' 유키는 언젠가 기타니가 했던 말을 떠올렸다. 심인성 행동 장애. 타인을 쳐다볼 수 없는, 아니, 자신조차 볼 수 없을 만큼 질긴 족쇄. 그 족쇄가 눈앞의 소녀를 꽁꽁 묶고 있었다는 사실에 유키는 가슴이 미어지다 못해 탄식이 흘러나왔다.

"자기조차 볼 수 없다니, 대체 무슨 일이 있었던 거야?"

끝내 그 분노는 소녀의 마음을 두드렸다.

"……저는 소중한 사람한테 거짓말을 했어요."

속삭이는 듯한 목소리에 유키는 고개를 들었다.

그것은 지난날에 대한 사야카의 독백이었다.

❀ ❀ ❀

"제가 있던 요양원은 정원이 참 예쁜 곳이었어요. 그곳에는 난치병에 걸린 소아 환자가 모여 있었는데 늘 어딘지 모르게 팽팽한 긴장감이 감돌았죠. 그런 분위기에 짓눌려 우울해하거나 불투명한 미래 때문에 우는 아이도 있었고, 갑갑한 환경에 싫증을 내다 폭발하는 아이도 있었어요. 이런 곳을 매일같이 다녀야 한다고 생각하니 저도 울적해질 정도였어요.

하지만 그 아이는 달랐어요.

치료가 괴로웠을 텐데도 웃음을 잃지 않았죠. 작은 일에도 정말 즐거워했어요. 게다가 누구와도 금세 허물없이 친해지는 성격이라 그 아이가 있는 곳은 늘 분위기가 좋았어요.

저는 매일 그 아이를 만나러 갔어요. 볕이 드는 온실에서 꽃에 둘러싸여 함께 그림을 그리고는 했죠. 치료 때문에 손을 쓸 수 없게 된 친구를 대신해 저는 그 아이가 원하는 걸 그려줬어요. 제가 그림을 그리고 있으면 그 아이는 이런저런 얘기를 했어요. 키우는 꽃에서 봉오리가 피었다거나 곧 있으면 큰 수술을 받는 아이가 있어 다 같이 종이학 천 마리를 접기로 했다거나. 늘 밝은 미래에 관한 내용이었어요.

하지만 점점 침대에 누워 있는 시간이 길어졌고, 반대로 얘기하는 시간은 줄어들었어요. 웃는 일도 줄고 금세 피곤하다며 힘들어했죠.

그래도 약한 소리는 일절 하지 않았어요. 다른 사람한테 불만을 쏟아내거나 울지도 않았고요. 저는 우연히 만난 지인이 '넌 건강해 보여서 다행이다'라는 말만 해도 눈물을 흘렸는데 말이에요.

저는 계속 그 아이한테 갔어요. 그 친구가 바라는 그림이 있는 한 계속 찾아갈 생각이었어요. 제가 그린 그림을 보고 그 아이가 조금이라도 기운을 차린다면 얼마든지 그려주고 싶었어요.

하지만 끝내 그 아이가 침대에서 일어나지 못하게 됐을 때 그러더군요. '저를 그린 그림'을 보고 싶다고요. 자신이 이렇게 됐으니 그 대신 제 미소라도 보고 싶다면서요.

처음엔 거절했어요. 서툴기도 하고 자신 있게 내보일 만한 그림을 그려줄 수 없다는 이유로요. 하지만 마지막 부탁이라는 그 아이의 말에 끝내 수락하고 말았죠.

그렇지만 역시 그릴 수 없었어요.

소중한 사람이 곧 있으면 죽는다는데 미소가 지어지질 않았죠.

다음 날 아무래도 안 될 것 같다고 말하려고 그 친구 병실을 찾아갔어요. 하지만 대뜸 그림 소식부터 묻는 친구의 목소리는 즐겁다는 듯 평소보다 들떠 있더군요.

——저는 잘 되고 있다고 거짓말을 하고 말았어요.

그 후로도 '붓이 말을 안 들어', '난항이야'라며 그림 보여주기를 미뤘어요.

최악의 짓을 저지르고 있다는 죄책감과 지금이라도 그려야 한다는 의무감, 하지만 그릴 수 없는 데서 오는 초조함으로 미쳐버릴 것 같았어요.

밥도 넘기지 못했던 저는 얼마 못 가 체력에 한계가 왔고 급기야 쓰러졌어요.

하루도 거르지 않고 찾아갔던 그 아이의 병실도 그날만은 갈 수 없었죠.

다음 날, 어떻게든 몸을 추슬러 병실에 갔어요.

또 진척 상황을 둘러대려는데 친구가 그러더군요.

'미안해'라고요.

그러고는 여태껏 감고 있던 눈을 가까스로 뜨더니 저를

쳐다봤어요.

하지만 이내 다시 눈을 감았고 아무 말도 하지 않았어요.

그날 밤, 그 아이는 하늘나라로 떠났어요.

그 후로는 유키 군도 아는 그대로예요. 약속은 저주로 변했어요. 죄책감에 거울을 볼 수 없었고, 타인의 눈에도 내가 비친다고 생각하니 눈마저 뜰 수 없게 돼버렸어요."

⚘ ⚘ ⚘

"……그런데 왜 그 그림을 그리려고 하는 거야?"

간신히 쥐어짜듯 묻는 유키의 질문에 사야카는 남 얘기하듯 대수롭지 않게 아, 하고 입을 열었다.

"방에 틀어박혀 지내다가 우연히 그 아이의 일기장을 찾았어요. 일기장에는 요양원에 오기 전에 있었던 일이나 약속, 나중에 하고 싶은 일이 쓰여 있었어요. 그 아이는 일기에도 즐거운 내용만 가득 써놔서 그걸 읽고 있을 때만큼은 저도 웃을 수 있었어요. 그렇게 그리운 마음으로 일기장을 넘기다 마지막 페이지에서 이런 문구를 발견했어요. 거의 지워질 듯한, 떨리는 글씨체로 '사랑해. 고마워'라고 쓴 글을요. 그걸 보니……."

사야카는 잠시 말을 멈추고 고개를 숙였다. 유키는 머릿속으로 컴컴한 방에서 일기장을 끌어안고 맥없이 주저앉아 오열하는 사야카의 모습을 떠올렸다. 그때였다.

"분노가 멈추지 않았어요."

유키는 호흡조차 잊은 채 종이 더미 위에 올라와 있는, 주먹 쥔 사야카의 오른손을 응시했다.

"누구한테도 닿지 않을 용서를 빌며 눈물도 목소리도 말라버릴 만큼 울고 또 울었더니 나중에는 분노밖에 남지 않았어요. 아무것도 할 수 없는 나도, 친구가 없는 세상도 깡그리 태워버리고 싶었죠. 하지만 그건 불가능하니까. 그래서 결심했어요. 나 자신을 위해서 날 그려야겠다고요."

"……날 위해서?"

에두른 표현에 유키가 눈을 가늘게 뜨자 사야카는 냉랭한 어조로 말을 이었다.

"그저 저한테 내리는 벌이라 생각하고 그림을 완성하겠다는 거예요. 지키지 못한 약속을 지키겠다는 식의 핑계는 필요 없어요. 이건 나약한 자신을 죽이기 위한 저만의 복수니까요."

한층 초연한 분위기를 자아내는 사야카의 모습은 그녀가 지금껏 품어온 복수심이 얼마나 강렬한지 보여주는 증거였다. 문득 유키는 사야카가 모델 일을 부탁하면서 했던 말을 떠올렸다. 불과 2주도 지나지 않았는데 훨씬 오래전

일인 듯했다.

'단순해요. 이게 제 복수거든요.'

'이거라면……, 그림 그리는 게?'

'완성하는 거요. 오직 그것만 바라보며 여기까지 왔어요.'

"하지만 결국 실패했어요. 이제 이걸로 끝이에요. 정말 미안했어요. 제 사정만 생각하고 너무 제멋대로 행동했어요. 사과의 의미로 제가 할 수 있는 일이라면 뭐든 할게요. 아니면 바라는 게 있으면 들어줄게요."

사야카는 작은 목소리로 "원하는 게 있나요?"라고 물었다.

10

한동안 눈앞의 소년은 아무 말도 하지 않았다. 소녀는 소년이 그냥 말없이 가버릴지도 모른다고 생각했지만 그런 일은 일어나지 않았다.

"정말 뭐든 괜찮다는 거지?"

마음의 준비를 마친 듯한 나지막한 유키의 목소리에 사야카는 "네" 하며 고개를 끄덕였다. 설령 그에게서 손바닥이 날아온다 해도 신음 한 번 내지 않을 작정이었다. 아니, 오히려 그렇게 해주길 바랐다.

"그럼, 한 시간만 기다려 줘."

"……네?"

뜻밖의 반응에 사야카는 반사적으로 되물었지만, 유키는 아무 대답도 하지 않았다. 그 대신 바스락바스락하고 무언가 끄집어내는 소리만 들렸다.

"저, 유키 군. 한 시간 동안 대체 뭐 하려고요?"

"집중하는 중이니까 조용히 해줘."

유키가 매몰차게 대화를 끊자 사야카는 얌전히 입을 다물었다. '뭐야' 하며 내심 섭섭해지려는데 갑자기 익숙한 소리가 들리더니 좀 전의 서운한 감정이 단번에 사그라들었다.

때로는 찢어버리듯 날카롭게, 때로는 어루만지듯 부드럽게.

작지만 신기하게도 자꾸만 귓가를 맴도는 기분 좋은 소리.

소녀가 잘 아는 소리였다.

……연필이 종이를 스치는 소리.

다채로우면서도 일관된 하나의 소리가 끊임없이 울려 퍼졌다. '기다린다는 건 이런 느낌이구나' 하고 사야카는 유키의 기분을 헤아리며 작업이 끝나기를 기다렸다.

기다림의 끝은 불쑥 찾아왔다. 탁, 하고 책상에 연필 놓는 소리가 들렸다.

"흐……, 읍. 크흑!!"

"!?"

그리고 거의 동시에 엄청난 헛구역질 소리가 들렸다. 사야카는 당황했다.

"저, 괜찮아요?"

"괜찮아, 오랜만에 그려서……. 우읍!"

그다지 괜찮은 것 같지 않았지만 방금 나온 헛구역질 덕에 호흡은 간신히 진정된 듯했다.

이윽고 맞은편에서 의자 끄는 소리가 들리더니 거친 숨소리가 코앞까지 다가오는 게 느껴졌다. 이내 무언가가 사야카 앞에 탁! 하고 놓였고, 거친 숨소리는 곧 원래 자리로 되돌아갔다.

"눈 감고 있으니까 그거 봐봐."

안 그래도 사야카는 확인해 볼 참이었다. 무엇을 그렸을지 궁금했다.

한 차례 심호흡을 하고 고개를 숙인 뒤, 천천히 눈을 떴다.

사야카 앞에는 연습장 한 권이 펼쳐져 있었다. 유키가 평소 쓰는 연습장인 듯했다. 하지만 거기에 실린 그림을 본 순간, 사야카는 시간이 멈춘 듯 얼어붙었다.

"……이게 뭐예요?"

그 그림은 우두커니 서 있는 누군가의 옆얼굴이었다. 낯익었지만 본 적은 없었다.

"널 그렸어. 역시 옆얼굴은 알아보기 힘들구나."

아니길 바랐지만 역시나 예상했던 대답에 사야카는 자기도 모르게 웃음을 터뜨렸다.

"저, 이런 얼굴 아니에요. 이렇게 예쁘지 않다고요. 아무리 그림이라지만 너무 미화한 거 아니에요?"

사야카는 다시 그림을 들여다봤지만 마찬가지였다. 지금 자신이 이런 모습일 리 없었다. 편집용 소프트웨어를 써도 이렇게는 안 나올 거라는 사야카의 말에 유키는 고개를 갸웃했다.

"어떻게 그렇게 장담해? 넌 네 모습을 1년이나 못 봤잖아."

그 말에 사야카의 눈동자 속 깊숙이 자리한 화산이 폭발했다.

사야카는 벌떡 일어나더니 균열 사이로 터져 나오는 마그마처럼 말을 쏟아내기 시작했다.

"본 적이 없으니까요! 자기 얼굴조차 못 보는 여자가 무슨 수로 예뻐지겠어요!? 화장도 못 해요! 잠도 못 자고 식사도 거른 채 그림만 그린다고요! 그런 여자가 볼썽사나운 건 당연하잖아요!"

끝에 가서는 거의 울먹이다시피 했다. 자기가 한 말이지만 참 모질다고 생각했다.

분명 볼은 푹 패고 피부는 말도 못 하게 거칠어졌을 것이다. 게다가 집에만 틀어박혀 있으니 햇빛도 못 보고 운동도 못 해서 시체 같은 낯빛을 하고 있을 게 뻔했다. 이미 다 예상한 일이고 심지어 그 모습마저 스스로 선택한 벌이라고 생각했다. 그런데 이제 와 이런 기분이 드는 자신이 견딜 수 없이 싫었다. 무엇보다 그런 심정을 유키에게 퍼부었다는 사실이.

사야카는 보나 마나 유키가 자신을 비난할 거라고 생각했다. 하지만 돌아온 대답은 뜻밖이었다.

"그림은 작가의 세계 중 일부를 표현한 것이다."

기도하듯 깍지 낀 두 손으로 이마를 짚으며 유키는 고개를 숙인 채 담담하게 읊조렸다.

"쉽게 말해서 옆에서 보기에 아무리 의미를 알 수 없는 그림이라도 거기에는 작가의 세계관이 **투영**되어 있다는 뜻이야. 그러니까—"

유키는 어깨를 들썩이더니 팔을 쭉 뻗고는 손가락 하나를 펴서 노트 속 인물을 가리켰다.

"내가 본 너는 **그런 모습**이야. 나약해진 자신을 뛰어넘으려 몸부림치는 모습이 내 눈엔 말할 수 없이 매력적이었어. 그게 다야. 더 솔직히 말하면 난 미용 쪽은 아무것도 몰라. 그래서 지금의 사야카도 나한테는 무척 예뻐 보여."

별일 아니라는 듯한 유키의 말투가 사야카는 여전히 이해되지 않았다.

다 괜찮다는데 왜 마음이 이렇게 흔들리는 걸까. 끝내 사야카는 벽에 등을 기댄 채 두 팔로 어깨를 감싸며 천천히 주저앉았다.

"무슨 말인지 모르겠어요. 어째서, 어째서 날 그렇게 봐주는지. 이런……, 구제 불능을."

흐느끼는 소리에 유키는 눈을 떴다. 사야카는 구석에 웅크리고 있었다. 분명 1년 전에도 그녀는 길 잃은 아이처럼 무릎을 감싸안은 채 눈물을 흘렸을 것이다.

유키는 무슨 말을 해야 할지 고민하며 자신의 본심과 수치심을 저울에 달아보았다. 하지만 이내 이런 비교 자체가 부끄러운 짓이라는 생각에 마음을 고쳐먹고 사야카 앞으로 걸어가 무릎을 꿇었다. 그러고는 무릎을 감싸안고 있는 사야카의 손을 잡았다. 사야카는 움찔했지만, 뿌리치지 않았다.

유키는 그 손을 자신의 양손으로 감싸 쥐고 가슴 깊이 묻어두었던 생각을 털어놨다.

"사야카는 나의 '최애'야."

"……그게, 뭔데요?"

울음을 멈춘 사야카의 반응은 생각보다 썰렁했지만, 유키는 차분하게 설명했다.

"자신의 인생을 걸고 좇고 싶은, 앞으로의 활약을 지켜보고 싶은 사람. 내 감정을 표현할 수 있는 말이 이것밖에 없었어."

유키는 사야카가 토로한 감정에 응답하듯 성실하게 말을 이어갔다.

"소중한 사람을 위해 네 모든 걸 거는 그 모습에 나는 꼼짝없이 매료됐어. 무슨 일이 있었는지는 모르지만 네가 노력하는 모습이, 그 노력으로 탄생할 그림이 보고 싶었어. 그런 의미에서 사야카는 나의 최애야."

그림에 미쳤다 싶을 만큼 몰두하는 사야카를 보며 동요하지 않았다면 거짓말이다. 오히려 그 모습이 더욱 유키의 마음을 흔들었다. 사야카의 그림이 보고 싶다는 갈망이 커졌다.

"하지만 네가 무리하고 있다면 얘기는 달라져. 난 내 최애가 늘 건강했으면 좋겠거든. 최애가 있는 사람이라면 열에 열한 명은 그렇게 생각할 거야."

"……한 명이 더 늘어났네요?"

"내가 들어 있잖아."

유키가 기운 차리라고 던진 우스갯소리에 사야카는 어처구니없다는 듯 콧방귀만 뀌었다.

그래도 유키는 아랑곳하지 않았다.

"그리고 난 누구나 무리하지 않고 건강하게 지내기 위해서라면 갖은 무리를 다 해야 한다고 생각해. 이건 내가 직접 겪고 깨달은 사실이기도 해. 그러니까—"

유키는 사야카를 감싼 손에 힘을 주고 말했다.

"자기 모습 따위 그리지 않아도 돼."

얼어붙은 사야카를 보며 유키는 힘주어 말했다.

"네 거짓말이 옳았던 건지 아닌지는 나도 모르겠어. 어쨌든 넌 자신을 위해 그림을 그리겠다고 했어. 그러니까 나도 날 위해서 말할게. 네가 힘들어하는 모습은 보고 싶지 않으니까. 그릴 수 없는 건 그리지 않아도 돼. 아니, 그리지 않는 게 나아."

이번에는 사야카가 유키의 손을 꼭 쥐었다. 그녀의 손톱이 유키의 손에 박혀 피가 배어 나왔다.

"……장난하지 마요. 그런 이유로 그만둘 수는 없어. 내가 얼마나 많은 걸 희생했는지 그쪽은 몰라요!"

"두 번 다시 그림을 그리지 말라는 게 아니야. 지금 그릴 수 없는 건 그리지 말라는 것뿐이야. 그릴 수 있게 될 때까지 그리고 싶은 걸 그리고, 그릴 수 있겠다 싶으면 그때 다시 도전하면 돼."

"그건 도망치는 거잖아요?"

"맞아."

소리치는 사야카에게 유키는 딱 잘라 말했다.

"도망치는 거야. 언젠가 다시 그리려고."

그 말에 사야카는 유키의 손을 놓치지 않겠다는 듯 다시 힘주어 붙잡았다.

피가 한 방울 떨어졌다.

"이것저것 보고, 즐기고, 슬퍼하고, 웃고, 울어. 그렇게 경험한 걸 모두 이용해서 그리는 거야. 나의 세계를 그리는 데 쓸데없는 경험은 하나도 없어."

언젠가 도착할 목적지를 위해 다 희생하지 말고 다 이용하라는 말이다.

"그러니까 지금은 도망쳐. 도망치고 또 도망치고 끝까지 도망치는 거야. 시간은 얼마든지 걸려도 상관없어. 남한테 의지해도 좋아. 제대로 태세를 갖추고 철저하게 준비해. 그러고 나서 복수하는 거야. 감정만 앞세워 혼자 달려들면 싸울 것도 못 싸워."

요동치는 마음이 눈물이 되어 사야카의 눈꺼풀 사이로 끊임없이 흘러나왔다.

이제 손을 놔달라는 듯 사야카는 고개를 가로저으며 고집을 부렸다.

"안 돼요……, 이젠. 될 리가 없어요."

"그렇지 않아."

"안 된다고요! 이런 거짓말쟁이가 누굴 의지하고 무슨 수로 다시 일어서란 말이에요?"

"내가 있잖아!"

유키는 사야카의 어깨를 잡고 고개를 들어 올렸다. 감은 눈꺼풀 사이로 눈물이 줄줄 흐르고 콧물에 침까지 뒤섞여 얼굴이 흠뻑 젖어 있었다. 표정도 알아보기 힘들었다. 그래도 예뻤다.

"네 그림을 볼 수 있다면 뭐든지 할 거야. 네가 그린 그림을 볼 수 있다면 내 평생을 걸어도 좋아."

유키는 진심을 담아, 있는 그대로 말했다.

"그러니까 날 위해서 그려줘. ……그게 내 바람이야."

사야카는 고개를 숙인 채 아무 말도 하지 않았지만, 다시 흐느껴 울지도 않았다.

그 대신 유키의 손을 꼭 쥐었다.

"……정말 저라도 괜찮아요?"

어딘가 토라진 듯, 그러면서도 내심 기대를 품은 듯한 말투에 유키의 입꼬리가 절로 올라갔다.

"좋다고 했잖아. 아니, 너 아니면 안 돼."

사야카의 손에 다시 힘이 들어갔다.

"전 제멋대로에다 성가시고, 덜렁대는 성격이라 손도 많이 가요."

"손이 많이 가는 건 첫날부터 그랬어."

손에 힘이 약간 빠졌다.

"그건……, 미안해요."

"괜찮아. 대신 내 부탁 들어줄 거잖아."

사야카는 느슨해진 손에 다시 힘을 주는가 싶더니 그 손을 지렛대 삼아 고개를 들었다.

석양이 가득 찬 방에서 이제 막 울음을 그친 소녀가 빨갛게 부은 눈꼬리를 내리며 말했다.

"네, 꼭 들어줄게요."

내 친구 사야카는 분명 해맑게 웃고 있었을 것이다.

✿ ✿ ✿

2주 후.

"정말 완성한 거 맞아? 거짓말 아냐?"

유키가 눈을 가린 채 몇 번이나 같은 질문을 던지자 드르륵하고 마룻바닥에 뭔가 끌리는 소리와 함께 "아, 진짜~" 하는 짜증 섞인 반응이 돌아왔다.

"완성했다니까요. 제 딴에는 자는 시간까지 줄이면서 그린 거란 말이에요!"

"무리하지 말라고 했을 텐데."

"무리 안 했어요…… 재밌어서 시간 가는 줄 몰랐어요. 그날 이후로 즐겨도 된다는 걸 알았거든요. 으~ 쌰."

"……그렇다면 다행이지만."

유키의 중얼거림은 쿵 하고 물건 내려놓는 소리에 묻혔다.

"자! 준비됐어요. 이제 안대 벗어도 돼요."

긴장한 유키는 떨리는 손으로 잡아떼듯 안대를 벗었다. 한 차례 심호흡한 뒤 눈을 떠보니 바로 앞에 있어야 할 긴 책상도, 의자도 모두 창가 쪽으로 물러나 있었다. 그렇게 마련된 빈 공간의 정중앙에는 그림 한 점이 당당하게 자리하고 있었다.

"……이건."

낯익은 풍경. 그림 속에는 한 남학생이 긴 책상에 팔꿈치를 괴고 앉아 눈을 감고 이어폰으로 뭔가를 열심히 듣고 있었다.

"무슨 그림이야?"

불쑥 튀어나온 유키의 질문에 대각선 방향으로 물러서 있던 사야카가 한숨을 내쉬었다. 유키 때문이 아니었다. 그간 참아왔던 감정, 자신에 대한 낙담의 한숨이었다.

"역시 알아보기 힘들군요…… 첫 인물화니까 어쩔 수 없다고 생각해야죠, 뭐."

"아냐! 못 알아보는 내가 미안하지! 조금만 기다려, 금방 알아낼 테니까!"

'나중에 뉘우친다'라고 쓰고, '후회'라고 읽는다고 했던 가. 유키는 해서는 안 될 말을 했다는 생각에 황급히 손사래를 치며 뒷수습이라도 해보려고 뚫어져라 그림을 쳐다봤다. 하지만 그가 미처 답하기도 전에 사야카가 조용히 정답을 말해주었다.

"유키 군이에요."

"……아."

뒤돌아보니 사야카는 눈을 감은 채 풀 죽은 모습으로 머리카락을 만지작거리고 있었다.

"그리고 싶은 걸 그리라고 했잖아요. 그래서 그려봤어요. ……정작 그 말을 한 장본인은 전혀 못 알아봤지만."

"그, 그렇구나."

유키는 다시 그림을 살폈다. 어째서 알아보지 못했을까. 이 그림은 학생 지도실에서 사야카에게 이어폰과 음악 플레이어를 빌려 왈츠를 들었을 때의 장면이었다.

아무것도 없는, 무료해 보이는 공간에서 한 남학생이 혼자 음악을 듣고 있다. 언뜻 특별한 것 없는 평온한 순간 같지만, 핑크빛 이어폰과 어딘지 유쾌해 보이는 입가의 미소가 들뜬 남학생의 마음을 잘 보여주고 있었다.

"⋯⋯좋은 그림이네."

진심으로 그렇게 생각했다.

이건 무슨 그림이야? 뭘 듣는 거야? 그렇다. 보는 사람의 궁금증을 유발하는, 어딘가 서사가 느껴지는 그림이었다. 질문을 받으면 사야카는 웃으며 대답할 것이다. 그건 말이죠, 하고 그간의 추억을 들려줄 것이다.

인기척이 느껴져 돌아보니 어느새 사야카가 옆에 서 있었다.

그녀는 창문 너머 먼 곳을 응시하는 듯했다.

"저, 유키 군이 말한 대로 해보려고요. 많이 보고, 즐기고, 슬퍼하고, 웃고, 울면서. 그렇게 경험한 모든 걸 이용해서 언젠가 나만의 그림을 그릴 거예요. 그러니까ㅡ"

갑자기 사야카가 유키 쪽으로 고개를 돌리더니 눈을 감은 채 한 발짝 다가왔다.

"유키 군의 그림도 언젠가 보여주세요."

그렇게 말하며 사야카는 유키의 어깨에 손을 올렸다.

숨결이 느껴지고 피부가 맞닿을 정도로 가까운 거리.

이윽고 사야카의 눈꺼풀이 열리기 시작했다.

"이 눈으로 똑똑히 볼 거니까."

그날, 유키는 자신이 본 눈동자를 평생 잊지 않겠다고 다짐했다.

집으로 가는 발걸음이 이렇게 가벼운 게 얼마 만일까.

석양에 물든 하늘을 등진 채 유키는 어수선한 정원을 지났다. 콧노래를 흥얼거리며 현관문을 열고 안으로 들어가서는 팔만 뒤로 돌려 문을 잠갔다. 대충 신발을 벗고 계단을 두 칸씩 뛰어올라 2층 공부방으로 향했다.

책가방을 침대에 던지자마자 호주머니에서 휴대전화 진동이 느껴졌다. 화면을 보니 '마호입니다'라는 발신자명이 떠 있었다.

마호입니다　자꾸 귀찮게 해서 미안한데 내일 수학B 쪽지 시험 범위 중에 모르는 게 있어서, 좀 가르쳐 주라!🐱

늘 같은 내용이다. 유키는 얕은 숨을 내쉬더니 입력란을 눌러 짧게 답문을 보냈다.

사하라 유키 내일은 수학 B 수업 없는데. 그리고

곧장 다음 메시지를 입력한 유키는 종이비행기 모양의
송신 버튼을 누르려다 멈칫했다. 천천히 눈을 감고 결심을
굳힌 뒤 그제야 송신 버튼을 눌렀다.

사하라 유키 전에 말한 축제 포스터 그릴게. 러프 좀 보여줘.

유키는 화면을 끄고 휴대전화를 그대로 침대에 던졌다.
전화기가 이불에 안착하는 소리를 어깨 너머로 들으며 잠
가두었던 책상 서랍을 열었다. 서랍에는 스케치북, 연필, 데
생용 인형과 기하학 모형이 옛 모습 그대로 주인이 돌아오
기를 기다리고 있었다.
　유키는 연필을 쥐고 가볍게 돌려보았다. 새삼스럽다는
느낌조차 들지 않는, 마치 어제까지 잡았던 것 같은 익숙한
느낌에 자신도 모르게 웃음이 났다.
　"뭐, 일단 데생부터 해야겠지."
　그렇게 중얼거리고는 스케치북을 펼쳐 선을 그으려는
순간.
　아래층에서 철컥, 하는 소리가 들렸다.
　순간, 등이 고드름에 찔린 것처럼 오싹했다.

분명 열쇠 돌리는 소리였다. 확신에 찬 문을 여는, 그런 소리였다.

말도 안 돼. 이 집에 올 사람은 아무도 없어.

증거 내지는 부정할 근거를 찾기 위해 유키는 천천히 방을 나왔다.

계단을 내려가 현관을 향해 몸을 돌리자 열린 중문 앞에 서 있는 누군가가 눈에 들어왔다.

"다녀왔어, 유키."

1년 하고 6개월. 고작 그것밖에 지나지 않았는데 낯선 사람 같았다.

하지만 목소리까지 잊을 수는 없었다.

"……엄마."

유키의 손을 빠져나간 연필이 그대로 떨어져 거실 바닥을 저만치 굴러갔다.

제
2
장

백지의 너

1

그렇게 난 눈을 떴다.

✿ ✿ ✿

문 너머로 들려오는 여성의 낭랑한 목소리에 귀를 기울이다 문득 옆을 돌아봤다.

상쾌한 가을 공기로 가득 찬 다소 허름한 복도. 사람은 그림자도 보이지 않았지만, 무수히 많은 인기척이 느껴졌다. 마치 상연 직전, 곧 막이 오를 무대 위에 있는 것처럼.

……괜찮을까.

"긴장돼? 지금이라도 돌아갈까?"

싱숭생숭한 마음에 나도 모르게 한숨을 쉬었나 보다. 바로 뒤에서 기타니 선생님이 마치 내 마음을 훤히 들여다보고 있다는 듯 물었다. 선생님 말대로 긴장되는 게 사실이라 대꾸할 말은 없었다. 그래도 나는 뒤를 돌아보며 활짝 웃었다.

"무슨 말씀이세요, 기타니 선생님. 제가 돌아갈 곳은 여기죠."

흰 가운을 걸친 더벅머리 남자는 멍한 표정을 짓는가 싶더니 이내 흡족한 미소를 띠며 말했다.

"그래, 맞다."

그때 다시 여자 목소리가 들리더니 교실 안쪽이 돌연 떠들썩해졌다.

"마지막으로 하나 더. 여러분한테 소개하고 싶은 친구가 있어요."

점점 어수선해지는 분위기에도 아랑곳하지 않고 설명을 이어갔다.

"여름방학 끝나고 우리 학교로 전학을 온 친구가 있는데 이런저런 사정으로 학생 지도실로 등교하다가 드디어 오늘 교실로 오게 됐어요. 자, 들어오세요."

내가 다시 문 쪽으로 고개를 돌리자 기타니 선생님이 뒤에서 등을 툭 하고 밀었다. 그 온기에 내심 감사하며 문을 열었다. 생각보다 문 여는 소리가 커서 교실이 일순간 싸늘 해졌다.

모두가 날 쳐다보고 있었다.

그 수많은 시선에 온몸이 뚫릴 것 같은 순간, 불현듯 종이쪽지가 떠올랐다.

오늘도 주머니에 넣어 온, 유키가 그려준 내 얼굴.

……괜찮아.

나는 작게 숨을 들이쉬고, 교실로 들어가 단상 앞에 섰다. 그리고 반 아이들을 향해 말했다.

"처음 뵙겠습니다."

✿ ✿ ✿

점심시간을 알리는 종이 울리고, 나는 긴 한숨을 내쉬었다.

한고비 넘겼다는 안도의 한숨이 아니었다. 드디어 점심시간이 시작됐다는, 체념에 가까운 탄식이었다.

불안한 표정으로 고개를 든 순간, 우당탕하고 책걸상 옮기는 소리가 들리더니 반 여자애들이 순식간에 날 에워쌌다. 그들은 만면에 미소를 지으며 합창하듯 내게 말했다.

"미스미, 같이 밥 먹자!"

역시 전학생은 힘들어.

이것이 정상 등교를 시작한 첫날의 소감이었다.

아침부터 반 애들의 질문 공세가 이어졌고, 연락처를 교환하자며 보내온 채팅방 초대를 수락하자 친구 추가가 완료됐다는 알람과 이모티콘이 물밀듯 쏟아졌다. 쉬는 시간에도 숨 돌릴 틈 없이 다른 반에서 구경 온 애들을 상대하다가, 정신을 차려보니 이렇게 책상을 붙여놓고 다 함께 점심을 먹고 있었다.

"근데, 그건 뭐야?"

"이거요? 아, 치즈 쿠페라는 빵이에요."

"우와!? 그게 뭔데? 있어 보여~!"

무슨 빵인지 알려줬을 뿐인데 다들 감탄하며 놀라움과 선망이 섞인 눈빛으로 날 바라봤다. 아무래도 비스킷이나 젤리로 된 영양보조식품으로는 좀 부실할 것 같아서 오는 길에 역 앞 빵집에 들러 적당히 고른 것이었다.

"역시 예쁜 애들은 먹는 것부터 다르구나. 내 도시락은 기름진 반찬 일색인데 말이야~"

"근데 안즈는 그런 도시락 좋아하잖아."

"너무 좋아하지~"

이런 대화를 나누며 행복하게 햄버그스테이크를 먹는 모습을 보니 나도 절로 웃음이 나왔다. 옆에서 이것저것 챙겨주는 이 친구의 이름은 마나카 안즈, 농구부 매니저다. 선수 쪽이 더 잘 맞을 것 같은 훤칠한 체격과 그에 못지않게 시원한 미소가 멋진 친구다.

"미스미, 교실로 등교하니까 어때? 적응할 만해?"

마나카가 이번엔 톳무침을 먹으며 내게 물었다.

"네, 다들 잘해줘서 완전."

"근데 말은 그렇게 하면서 존댓말 쓰잖아. 우리 다 동급생이야."

"미안해요. 계속 존댓말만 쓰다 보니 잘 고쳐지지 않아서……."

내가 고개 숙여 사과하자 마나카는 머리와 두 손을 떨어져 나갈 것처럼 격렬하게 흔들며 말했다.

"아냐, 아냐! 평생 존댓말 써도 돼! 오히려 부잣집 막내딸 같고 좋아!"

"캐릭터 있잖아."

"그냥 연습 삼아, 돼지 새끼야! 하고 말해봐."

"야, 선생님 있어."

화기애애한 대화를 주고받는 모습에 어느새 내 마음도 훈훈해졌다. 늘 어둠 속에서 홀로 지내야 했던 과거를 생각하면 이 모든 게 기적 같았다. 혼자라면 볼 수 없을 풍경이었다.

그러다 문득 아침부터 품었던 의문이 고개를 들었다. 대놓고 물으면 괜한 오해를 살 게 뻔해서 에둘러 물어보았다.

"그건 그렇고 오늘은 전원 출석인가요?"

"음……, 그런 거 같은데. 동아리 방에 간 애들도 있어서 잘은 모르겠지만."

교실을 둘러보며 무심하게 말하는 마나카의 대답을 듣고 있자니 내심 쓴웃음이 나왔다.

……유키 군.

다들 유키의 부재를 모를 만큼 그에게 친구가 없다는 사실을 깨닫고 왠지 심란해지려는 찰나, 어디선가 나지막이 속삭이는 목소리가 들렸다.

"사하라가 안 왔어."

나는 목소리가 들리는 쪽으로 고개를 돌리다 크고 까만 눈동자와 마주쳤다. 하지만 이내 상대방은 튕겨내듯 내 시선을 외면했다. 주먹밥을 양손에 쥔 자그마한 친구였다. 앙증맞은 얼굴에 캐러멜색 머리카락을 정수리까지 올려 묶었는데, 지금 함께 점심을 먹는 무리 중에서 유일하게 말을 섞어본 적 없는 아이였다. 이름은 신도 마호였다.

"그러고 보니 안 왔네. 존재감이 너무 없어서 잊어버렸어."

마나카는 그렇게 말하며 자기 머리를 톡톡 두드렸다.

"그렇게 존재감이 없어요?"

"응, 없어. 불과 며칠 전에 결석한 것도 까먹을 정도니까."

"사하라는 너무 신비주의야."

"하지만 그런 거 좀 멋있지 않아?"

"맞아."

신도를 제외한 다른 애들이 유키에 대해 제멋대로 하는 소리를 들으며 나는 유키가 학교 자체를 나오지 않는다는 사실에 약간의 안도감과 그 이상의 불안감을 느꼈다.

그날 이후 4일이 지났다. 이미 주말도 지나고 새 주가 시작됐지만, 유키는 그동안 한 번도 학생 지도실을 찾지 않았다.

데생 모델을 해주겠다는 약속은 내가 유키의 그림을 완성한 시점에 지켜진 셈이니 유키가 학생 지도실에 오지 않는다고 해서 문제 될 것은 없다. 하지만 내심 신경이 쓰였다.

……그래도 무슨 말이라도 좀 해주지.

내가 교실 등교를 결심한 것도 반은 유키 때문이었다. 만약 유키가 그동안 학교에는 왔으면서 학생 지도실에는 오지 않은 거라면 섭섭했겠지만 그게 아니었기 때문에 일단 안심이 됐다. 대신 이번에는 유키가 등교 자체를 하지 않는 이유가 못내 마음이 쓰였다.

"사하라 걱정돼서 그래?"

내 기분이 표정에 드러났는지 신도가 재차 나를 보며 물었다. 흡사 합격 결과를 확인하는 수험생처럼 긴장감 어린 시선. 모호한 답변은 허용하지 않겠다는, 맞았는지 틀렸는지만 알려달라는 듯한 눈빛이었다.

"그게……."

보는 사람까지 압도하는 신도의 시선에 순간 나는 할 말을 찾지 못했다. 숨 막히는 정적이 흐르려던 찰나, 드르륵하는 소리가 들렸다.

"타이밍 제대로네."

춘권을 씹던 마나카의 시선을 따라 고개를 돌리자, 열려 있는 교실 뒷문에 유키가 서 있는 게 보였다. 그 모습에 나도 모르게 미간을 찌푸렸다. 유키의 모습을 본 건 4일 전이 마지막이다. 하지만 한눈에 봐도 그의 상태는 평소와 달랐다.

눈 밑에는 물감이 번진 것처럼 거무스름하게 그늘이 져 있고, 입술은 뭔가를 억지로 참고 있다는 듯 굳게 닫혀 있었다. 머리에는 까치집을 지었고 입고 있는 교복마저 어딘지 후줄근해 보였다.

유키는 이쪽으로 곧장 걸어오더니 도시락을 먹고 있는 우리 앞에 멈춰 섰다.

어떤 식으로 말을 걸어올까. 어떤 반응을 보일까. 나는 주먹 쥔 손을 가슴팍에 갖다 대며 기대와 불안감에 두방망이질 치는 심장을 진정시키려 애썼다. 하지만 유키의 반응은 예상 밖이었다.

"미안, 이것만 놔도 돼?"

"응, 오케~ 이."

유키는 본인 자리에 앉은 여자애한테 가방만 건네고는 그대로 자리를 뜨려 했다.

"잠깐, 잠깐. 안 그래도 방금 네 얘기 중이었는데, 여기 좀 있어 봐."

"……응? 내 얘기 뭐?"

유키는 여전히 무표정이었지만 미처 다 감추지 못한 경계심과 당혹스러움이 온몸에서 묻어났다. 하지만 마나카는 전혀 눈치채지 못한 듯 비스듬히 고개를 내 쪽으로 돌렸다.

"아, 그러니까 뭐였더라, 미스미?"

"미스미?"

마나카의 시선을 따라 유키의 고개가 내 쪽을 향했다.

그러더니 흠칫 놀라며 눈이 휘둥그레졌다.

"아니, 왜……. 그 머리는……."

"머리? 내 머리가 이상해요?"

그렇게 묻자 유키는 그저 눈만 이리저리 굴렸다.

"아니, 예, 예쁜 것 같아서."

횡설수설하는 유키의 대답에 난 내가 지을 수 있는 최고의 미소를 지었다.

"고마워요. 근데 머리 좀 잘랐다고 못 알아보다니, 심하네요. 안 그래요? 유, 우, 키, 이, 군?"

내가 고개를 갸웃하며 말하자 목덜미까지밖에 오지 않는 단발머리가 찰랑거렸다.

동시에 교실 안도 크게 술렁거렸다.

그 후, 유키는 한동안 몰려드는 여자애들한테 된통 시달려야 했다.

2

"내일부터 어떡하지……."

방과 후 모처럼 찾은 학생 지도실에서 나는 긴 책상에 엎드려 앓는 소리를 하는 유키의 깨끗한 정수리를 물끄러미 바라보며 말했다.

"머리 좀 잘랐다고 알아보지 못한 유키 군이 잘못이죠."

"교실로 온 줄 몰랐지. 머리를 싹둑 잘라서 이미지도 완전 달라졌고."

"원래 짧은 머리였어요. 그간 제대로 자를 수 없어서 그냥 기른 거라고요. 모처럼 단정하게 하고 왔는데 그걸 못 알아보다니."

아……, 하고 내가 농담 섞인 투로 푸념하자 유키는 엎드린 채 "미안" 하고 중얼거렸다. 내가 "농담이에요"라고 대꾸하자 드디어 유키가 고개를 들었다.

"어쨌든 잘 지내는 것 같아서 다행이야."

그렇게 말하며 상냥하게 미소 짓는 유키의 모습에 나는 무심코 고개를 돌리고 말았다. 새삼 학생 지도실이 좁다는 생각이 들어 심박수가 급격히 올라갔다. 이런 밀실에 둘만 있다니.

"제 얘기는 그만해요……. 그나저나 무슨 일이에요?"

부끄러워서 지금이라도 당장 밖으로 나가고 싶었지만, 아직 본론은 나오지도 않았다.

실은 방과 후 종이 울리자마자 다른 애들이 내게 말을 걸기도 전에 유키가 할 말이 있다며 서둘러 날 데리고 나왔던 것이다.

"아, 그게 부탁이 있어서."

"부탁이요?"

"응. 실은 일륜제가 다음 달이거든. 그건 알고 있어?"

"일륜제?"

어리둥절한 표정으로 내가 앵무새처럼 따라 하자 유키가 어이가 없다는 듯 웃으며 말했다.

"일단 설명부터 하면 일륜제는 우리 학교 축제 이름이야."

"아, 그러고 보니 들어본 적……. 근데, 다음 달이라고요?"

순간 내 목소리가 한, 두 톤 높아졌으나 그게 문제가 아니었다. 다른 사람도 아니고 내가 학교 축제를 까맣게 잊고 있었다니.

"진작에 알려줬어야죠! 저도 참여하고 싶었는데."

"억지 부리지 마! 얼마 전까지만 해도 그럴 상황이 아니었잖아."

괜히 유키에게 화풀이했다가, 그의 입바른 소리에 한 방 먹고 말았다. 상당히 얼얼했다.

"그리고 본격적인 준비는 오늘부터야. 밖을 봐."

"아."

유키 말대로 돌아서서 창밖을 내다보니 건물과 운동장 사이의 좁다란 콘크리트 광장에서 학생들이 상자며 나무판자 따위가 잡다하게 실린 수레를 밀고 분주히 오가는 모습이 보였다.

"부럽네요. 함께 모여 뭔가를 만들어 가는 느낌. 보기만 해도 기분 좋아요."

창밖에 펼쳐진 광경을 보자 가슴 깊숙한 곳에서 에너지가 차오르는 기분이 들며 미소가 절로 나왔다. 어느 게으름뱅이가 "보기에는 그렇지……"라고 빈정거렸지만, 일부러 못 들은 척했다.

"그럼 우리 반도 뭐 하나요?"

"응, 러시안 다코야키. 꽝에는 다크 초콜릿하고 와사비가 들었어."

"우와, 그거 제대로 꽝이네요. 하필 그런 걸."

"아니, 그게 아냐. 어차피 내가 먹을 거 아니면 상관없겠다 싶어서 적당히 적은 건데, 설마 그게 여덟 표나 받을 줄은 몰랐……. 뭐냐, 그 표정? 그렇게 보지 마, 마치 내가—"

"친구 없는 사람이 낼 법한 아이디어구나 싶어서요."

내가 솔직하게 말하자 유키는 매실장아찌와 고수를 동시에 먹은 것처럼 입을 오므리더니 울상을 지었다.

"어차피 재미로 하는 건데, 꽝 걸린 사람도 반응하기 쉽고 다 같이 먹을 수 있는 재료로 하지 그랬냐, 뭐 그런 말 하고 싶은 거잖아……!"

"네, 그렇죠."

"그게 다 정해지고 나서 깨달았어……. 아, 이거 축제였지 하고……!"

이 은둔형 소년은 머리를 감싸 쥐며 다시 긴 책상 위에 엎드렸다. 그러자 그의 깨끗한 정수리가 또다시 눈에 들어왔다.

"혹시 부탁이라는 게 저도 아이디어를 내서 지금이라도 다코야키 속 재료를 바꿀 수 있게 작전을 짜보자, 뭐 그런 건가요?"

"그러느니 차라리 솔직하게 말하고 없던 일로 하고 말지! 그게 아니라, 축제 포스터를 그려줬으면 해."

예상치 못한 부탁에 나는 눈을 깜박거렸다.

"……축제, 포스터요?"

"응, 그릴 만한 사람을 계속 찾았거든. 어때?"

"어떠냐고 물어도 구체적인 내용을 모르니 뭐라 말하기가 어렵네요."

"조건은 학생을 한 명 이상 그려야 한다는 것뿐이야. 그 외에는 자유야."

"학생 한 명이라고 해도 아는 사람이 없는 데다 인물화는 잘 못 그리니까요."

완곡하게 거절했지만, 유키는 물러설 생각이 없는 듯 양손을 합장한 채 머리 위로 들어 올렸다.

"어떻게 좀 안 될까? 데생 모델 해준 보상으로!"

아무것도 모른 채 무턱대고 수락하고 싶지는 않았지만, 모델 운운하고 나오니 나도 어쩔 수가 없었다. 무엇보다 유키가 이렇게 간곡하게 부탁하기는 처음이었다.

"하아……. 이번 한 번만이에요."

"살았다! 정말 고마워!"

유키는 내 손을 잡고 흔들며 좋아했다. 나도 같이 손을 흔들면서 어째서 이렇게까지 부탁하는 걸까 의아해하다 불현듯 깨달았다.

"근데 축제가 다음 달이면, 겨우 한 달 남은 건데 포스터가 미완성이라니 좀 곤란한데요?"

"......."

"솔직하게 대답 안 해주면 안 그려요."

"곤란한 정도가 아니라 올해는 아예 포스터에 그림이 안 들어갈 수도 있다고 생각했어."

그래서 나한테 거의 떠넘기다시피 부탁한 모양이었다.

"그림이 안 들어가면 어떻게 되는데요?"

"포스터에 '이상을 잡아라! 소년 소녀'라는 표어만 큼지막하게 들어가고 마는 거지."

그의 말대로 상상을 해봤다. 어설픈 붓글씨로 쓰인 가로 현수막과 컴퓨터로 작성한 촌스럽기 그지없는 폰트의 유인물이 가장 먼저 떠올랐다.

"축제의 'ㅊ'도 안 느껴지겠네요."

그런 촌스러운 홍보물이나 만드는 학교의 일원임을 밝히느니 차라리 불참하는 게 낫겠다는 생각마저 들었다. 그래서 그냥 내가 그리고 말지……, 하고 있던 찰나 불쑥 아이디어가 떠올랐다.

"그럼, 유키 군이 그리면 안 돼요?"

유키가 그리면 나는 그의 그림을 볼 수 있고, 최소한 축제 포스터가 지닌 문화 제전의 성격도 지킬 수 있으니 일거양득인 셈이다. 하지만 유키는 피식 웃으며 말했다.

"**백지** 인간이 무슨 그림을 그리겠어."

"무슨 뚱딴지같은 소리예요?"

"별 의미 없으니까 신경 쓰지 마."

"……?"

전혀 영문을 알 수 없는 대화였지만, 유키는 그 이상 아무 말도 하지 않았다. 그러다 갑작스레 뭔가 생각났다는 듯 휴대전화를 꺼내더니 서둘러 말했다.

"어우, 벌써 시간이 이렇게 됐네. 바로 가야겠다."

"네? 어디를요?"

"아, 학원 체험 수업."

"네? 갑자기 무슨. 그럼 전에는 학원에 안 다녔어요?"

"중학생 때까지는 다녔는데, 고등학교 들어온 뒤부터는 혼자 공부했어."

"그럼, 이제 혼자 공부하기 버거워져서 그래요?"

"딱히 그런 건 아냐. 혼자 공부해도 전혀 문제없어."

"그러면 꼭 학원 갈 필요 없잖아요? 돈만 버리는 거 같은데……."

전에 얘기할 때 유키는 두 단원 이상 알아서 선행학습을 해둔다고 말했었다. 설령 대입 준비가 필요하다 해도 학원이 아니라 여름방학 특강부터 듣는 게 먼저다. 여러모로 이상했다.

"뭐……, 돈 내는 건 내가 아니니까."

유키도 내 말에는 동감하는 듯했지만, 그저 어깨를 으쓱하며 문을 열었다.

"하여튼 시간 됐으니 난 가볼게."

"기다려요. 저도 같이 가요. 역까지 가는 건 똑같으니."

짧은 시간이나마 같이 하교하려고 일어서는데 유키가 손으로 날 제지하며 말했다.

"아냐, 여기서 조금만 더 기다려. 곧 누가 올 거야."

"오다니, 누가―. 아, 가버렸네."

문을 나가 복도 쪽을 살폈지만, 유키는 온데간데없이 사라지고 계단 내려가는 소리만 들렸다.

허탈한 표정으로 학생 지도실로 돌아가려던 그때, 옆에서 누가 말을 걸어왔다.

"……어라, 미스미?"

고개를 돌리자 어딘지 낯이 익은, 시원한 인상의 남자애가 서 있었다.

이름은 구지 다카무네.

"아, 구지 군? 근데―"

구지 뒤에 숨어 있다시피 서 있는 누군가를 보고 나는 멈칫했다.

그 아이는 다름 아닌 신도 마호였다.

✿ ✿ ✿

"그동안 학생 지도실로 등교했다고 듣긴 했는데, 여긴 정말 아무것도 없구나."

"실례야, 다카무네."

구지가 학생 지도실을 둘러보며 심드렁하게 말하자 신도가 아이 꾸짖듯 그를 나무랐다.

"괜찮아요. 제집도 아니고, 어쨌든 사실이니까요."

"거봐. 미스미도 인정하잖아. 그것보다 내 이름을 기억하다니 놀랐어. 혹시 반 애들 이름을 모조리 외우고 있는 건 아니지?"

"그건 아무래도 무리죠. 하지만 구지 군은 목소리가 또렷해서 바로 생각났어요."

내 대답에 구지는 헤헤, 하고 수줍게 웃으며 코를 문질렀다.

"좋기는 한데 목소리가 크다는 말 같아서 약간 민망하네."

그 모습이 마치 기분이 좋아서 눈을 가늘게 뜨고 살랑살랑 꼬리를 흔드는 대형견을 연상시켰다.

구지는 겉모습과 마찬가지로 말투나 행동이 시원시원해서 친구가 많다. 실제로 반에서도 인기가 좋아 여자 쪽 안즈와 더불어 우리 반의 중심인물이기도 하다.

그런 구지와 반에서 별로 눈에 띄지 않는 신도가 함께 다니는 게 신기했다.

"그나저나 두 사람, 여기는 어쩐 일이에요?"

"실은 우리가 축제 실행 위원인데 그중에서 포스터 기획 담당이야. 뭐, 실무는 마호가 도맡아서 하고 나는 농땡이나 피우는 거지만."

그렇게 말하며 구지가 신도를 쳐다보았다. 신도는 고개를 절레절레 저었다.

"내 마음대로 하고 싶어서 전담하겠다고 한 것뿐이야……."

"그런 걸로 치지 뭐. 실은 아까 사하라가 포스터 맡을 사람 소개해 준다고 마호한테 연락했다길래 왔어."

나는 그제야 상황을 이해했다.

"저한테는 포스터를 그려달라길래 알겠다고 했더니, 사람이 올 거니까 여기서 기다리라고 하더라고요."

"근데 정작 당사자는 어디 간 거야? 실행 위원회 소집 끝나자마자 잽싸게 달려왔더니."

"학원 체험 수업 있다면서 갔어요."

내가 어깨를 으쓱하며 대답하자 구지는 가지런히 정돈

된 눈썹을 씰룩거렸다.

"학원? 사하라가 성적이 그렇게 안 좋아?"

"전에 들어보니까 1학기 종합 석차가 2등이라던데요."

"참 나. 100등 안에 들었다고 우쭐했던 내가 바보였네."

구지는 어처구니없다는 듯 웃었다. 그러다 이내 무슨 생각이 났는지 나를 바라봤다.

"그나저나 성적 얘기도 하고 너희 진짜 친하구나. 반 애들이 네가 사하라를 이름으로 부른다길래 완전 거짓말인 줄 알았는데."

안 그래도 그 얘기가 왜 안 나오나 했다. 나는 미리 생각해 둔 답변을 말했다.

"기타니 선생님 소개로 유키 군이 제 그림을 도와줬어요."

"그렇구나. 근데……, 그게 다야?"

"그게 다예요."

"사하라를 이름으로 부르는 건?"

"친하니까요."

"맞네, 그럼!"

구지는 낄낄거리더니 의자에서 일어섰다.

"재미있는 얘기도 들었고 나머지는 이제 두 사람한테 맡길게."

"포스터 때문에 보자고 한 거 아니에요?"

"말했잖아. 나는 그냥 보조나 하는 거고, 포스터는 마호가 전담이라고. 난 동아리 쪽에 얼굴 좀 비치고 올게."

구지는 그렇게 말하며 밖으로 나가더니 갑자기 돌아와서는 얼굴만 들이민 채 물었다.

"맞다, 미스미. 다음에는 나한테도 그림 좀 가르쳐 주라. 미술 성적이 3등급밖에 안 되는데 마호가 하나도 안 가르쳐 줘."

"상관은 없지만……."

'저도 도움받는 처지였는데 괜찮겠어요?'라고 묻지는 못했다.

"좋았어, 분명 괜찮다고 했다! 너도 반에서 어려운 일 있으면 말해. 그럼, 내일 봐!"

그제야 구지는 홀가분한 미소를 지으며 동아리 방으로 향했다.

"구지 군은 참 씩씩하네요."

하지만 신도는 내 말은 들은 척도 하지 않고 바닥만 내려다볼 뿐이었다.

냅다 도망치고 싶은 마음을 꾹 누르며 나는 애써 밝은 척 물었다.

"시간도 얼마 없고 바로 포스터 얘기로 들어갈까요?"

점심시간 일도, 지금의 침묵도 기분 탓으로 돌릴 생각이었다.

신도도 그러자고 호응해 줬더라면 참 좋았을 텐데.

"미스미."

이윽고 신도가 고개를 들었다. 눈빛이 너무 강렬해서 차마 시선을 피할 수 없었다.

"부탁이 있어."

도무지 속을 알 수 없는 표정이었다. 무표정인 듯했지만 분명 어떤 감정이 서려 있었다.

——아, 이 표정은.

셀 수 없이 많은, 오만가지 감정이 뒤섞인 표정.

폭발하지 않은 게 기적이라는 생각이 들 때쯤, 신도가 입을 열었다.

"사하라하고 헤어져 줄래?"

3

다음 날, 방과 후.

근황을 알려달라는 기타니 선생님의 호출을 받고 나는 보건실을 찾았다.

"자, 오늘 컨디션은 어떠신가요? 아가씨. 발열? 복통? 생리? 불면? 미안하지만 그건 내 전문이 아냐. 증상이 있으면 대학 부속병원에라도 찾아가 봐."

"유키 군이 선생님을 벼룩 취급하는 이유를 이제야 알겠네요."

책상에 우아하게 다리를 꼬고 앉아 약 올리는 소리만 골라 하는 선생님을 나는 시큰둥하게 쳐다봤다. 전에는 저렇게 자상한 선생님한테 늘 매정하게 구는 유키가 도무지 이해되지 않았지만 이제야 그간 선생님이 나한테만 예외적으로 친절을 베풀었다는 사실을 깨달았다.

"그렇게 받아칠 줄도 알고, 이제 걱정 안 해도 되겠어. 다행이야."

"저는 선생님 머리가 더 걱정인데요."

"어? 유키 대신 내 걱정해 주는 거야? 요즘 그 녀석 불러도 통 안 오던데, 나야 좋지."

"아니요, 그건 아니구요. 죄송합니다, 선생님. 머리는 지극히 괜찮은 것 같으니 오해하지 마세요, 제발요."

나는 엄지손가락을 치켜든 채 웃고 있는 선생님의 설레발을 완강히 거부했다. 그러다 때마침 튀어나온 이름에 보건실을 찾은 용건을 떠올렸다.

"……그런데, 요즘 유키 군한테 무슨 일 있나요?"

"응? 유키는 또 왜?"

"요즘 불러도 통 안 온다고 하셨잖아요. 오늘도 결석이고요."

"맞아. 근데 나한테는 컨디션이 안 좋다는 말밖에 안 해. 오히려 네가 짚이는 게 있는 눈친데, 누구랑 상의하고 싶어서 온 거 아니야?"

"기분 나빠요, 선생님."

"내가 요즘 상담 일이 떨어졌거든!"

저 예리함은 직업 때문일까 아니면 타고난 혜안일까? 본모습을 알아버린 이상 후자라고 생각하고 싶지는 않지만, 그의 혜안에 도움을 받은 적이 한두 번이 아니었다.

"뭐, 나라도 괜찮으면 말해. 털어놓을 수 있는 만큼."

나는 못 이기는 척 어제 일을 털어놓기 시작했다.

"딱히 짚이는 구석이 있는 건 아니에요. 그냥—"

✿ ✿ ✿

"사하라하고 헤어져 줄래?"

신도의 부탁에 나는 적절한 답변을 찾지 못했다.

너무 갑작스러운 나머지 어안이 벙벙해져 마땅히 해야 할 해명조차 할 수 없었다.

"어째서 그런 부탁을?"

근본적인 질문이 나와버렸다.

"……이거 좀 볼래?"

나는 신도가 내민 휴대전화 화면을 쳐다봤다. 화면에는 신도가 유키와 나눈 대화창이 떠 있었다. 불과 몇 분 전, 유키가 보낸 '축제 포스터 맡길 사람 소개해 줄 테니 학생 지도실로 와줘'라는 문구가 보였다. 그 위로 무려 4일 전에 온 송신 취소 알림 두 개와 그 후에 덧붙인 '미안', '잘못 보냈어'라는 문구도 보였다.

"이게 왜요?"

"그 송신 취소 메시지 말이야. 대화창 열기 전에 지워지긴 했지만 알림창으로 봤거든."

신도는 감정의 둑이 넘치지 않도록 애써 눌러 담으며 속삭이듯 말했다. 미동조차 없어 더 집요해 보이는 그녀의 눈빛은 내내 손에 들린 휴대전화 화면을 응시하고 있었다.

"……유키 군이 뭐라고 보냈는데요?"

판도라의 상자를 여는 질문임을 알면서도 나는 끝내 묻고 말았다.

"'전에 말한 축제 포스터 그릴게'였어."

"……아."

그제야 알았다. 신도가 무슨 말을 하려던 건지.

하지만 미처 내가 대꾸하기도 전에 신도의 둑이 터지고

말았다.

"최근에 왜 그렇게 즐거워 보였는지, 포스터를 그리겠다고 해놓고 왜 취소한 건지 계속 궁금했어. 그런데 이제 다 알겠어. 나로는 역부족이었던 거야."

고개를 가로젓는 신도의 눈가에서 눈물이 방울져 뚝뚝 떨어졌다.

"그래도 난……, 사하라가 그림을 그렸으면 했어. 딱 한 번이라도 좋으니 그림을 그렸으면 해서 여기까지 왔는데……!"

신도는 가슴팍 부근에서 휴대전화를 으스러뜨릴 듯 꼭 쥐고 말했다.

"대체 사하라한테 무슨 짓을 한 거야? 무슨 말을 한 거냐고? 이젠 그리지 않아도 된다는 소리라도 한 거야? 저렇게 그리고 싶어서 힘들어하는 애한테 그런 심한 말을……."

그렇게 말하며 신도가 고개를 들더니 헉, 하고 숨을 삼켰다. 마치 감정을 주체 못 하고 일을 저질러 버린 죄인이 제정신으로 돌아온 순간 같았다.

"미, 미안……. 미안해. 갑자기 이렇게 말해서 당황했지? 내가 머리가 어떻게 됐나 봐, 미안. 오늘은 그만 가야겠다."

신도는 눈물을 훔치더니 비틀거리며 도망치듯 학생 지도실을 빠져나갔다. 홀로 남은 나는 망연자실한 채, 텅 빈 복도를 그저 바라볼 수밖에 없었다.

"끝내 전 아무 말도 못 했어요. 오늘도 그냥 있다가 선생님을 찾아온 거예요."

그 후로 신도와는 정말 한 마디도 나누지 않았다. 유키와의 관계를 캐묻는 반 친구들을 핑계 삼아, 그들에게 가려 신도가 보이지 않아 다행이라고 여기며 그녀를 외면했다. 그러면 안 된다는 걸 알면서도.

팔짱을 낀 채 잠자코 귀를 기울이던 기타니 선생님이 나지막이 중얼거렸다.

"청춘이구나."

"누구 놀리세요?"

학생이 모처럼 큰마음 먹고 털어놨는데, 첫마디가 '청춘이구나'라니.

어이가 없어서 한숨조차 나오지 않았다. 하지만 기타니 선생님은 "그게 아니고" 하며 손을 내저었다.

"부러워서 그래. 인생에서 여름 한 철을 다 보낸 이 아저씨 눈에는 너희들이 눈부시게 푸른빛이라."

선생님은 뭐가 신나는지 어깨를 들썩이다가 이내 눈을 가늘게 뜨고는 말했다.

"하지만 청춘이라는 한마디로 결론짓기엔 좀 복잡하게

꼬이긴 했지."

"꼬였다고요?"

"그렇잖아? 남자친구 있는 애가 남자친구 있는 애한테, 아니 이 경우에는 남자친구가 있다고 오해한 거지만, 아무튼 '그 애랑 헤어지라'고 한 거니까."

"잠깐만요. 남자친구가 있어요?"

남자친구라는 말의 진의를 추궁하자 기타니 선생님의 한쪽 눈썹이 실룩거렸다.

"신도하고 구지 말이야. 작년 축제 뒤풀이 때, 구지가 공개 구애해서 지금 둘이 사귀잖아. 꽤 유명한 커플인데, 몰랐어?"

"⋯⋯몰랐어요."

"그렇구나, 몰랐다면 미안."

머쓱한 듯 머리를 긁적이는 선생님을 보며 나는 아무 말도 하지 않았다.

머릿속이 곤죽이 된 것 같았다.

갈수록 모든 게 혼란스러워졌다.

"저⋯⋯."

"응?"

"전 이제 어떡하죠?"

나도 모르게 나약한 소리를 내뱉었다.

응석이라는 걸 알면서도 일단 시작하니 멈출 수가 없었다.

"모르겠어요. 유키 군을 어떻게 도와줘야 할지."

그날 신도가 한 말은 하나도 이해하지 못했지만, 고막 안쪽에서 신도의 절규가 메아리처럼 울려대는 통에 견딜 수가 없었다.

'저렇게 그리고 싶어서 힘들어하는 애한테.'

그건 분명 자신은 모르는 유키의 모습이었다.

"그 말이 사실이라면, 괜히 제가 포스터를 그렸다가 유키 군이 영영 그림을 못 그리게 될지도 몰라요. 그러면—"

"당최 무슨 말을 중얼대는 건지 잘 모르겠지만."

일부러 내 말을 가로막듯 기타니 선생님은 목소리를 높였다.

"내가 유키에 대해 아는 건 딱 하나야."

그렇게 말하며 기타니 선생님은 서랍에서 태블릿을 꺼내 내게 내밀었다. 태블릿에는 액자에 담긴 그림 옆에 교복을 차려입고 긴 머리를 포니테일로 묶은 아이의 사진이 한 장 띄워져 있었다.

"누구예요? 이 아이는."

"야, 맥락상 한 사람밖에 더 있냐?"

그의 장난기 어린 표정에 나는 설마 하며 다시 화면을 살폈다.

"혹시……, 유키 군?"

"맞아, 3년 전."

머리 모양과 몸에 맞지 않는 교복 때문에 알아보기 힘들었지만, 자세히 보니 이목구비가 유키와 닮아 있었다. 그러자 사진 속 아이가 사랑스럽게 느껴졌다.

"귀, 귀여워!"

"아, 미리 말해두는데, 유키한테 귀엽다는 둥 그런 말 하면 불같이 화내니까 조심해."

참고로 자기는 화가 다 풀릴 때까지 한 달이나 기다려야 했다는 경험담을 덧붙였다.

"······근데 이건 무슨 사진이에요?"

내가 못 들은 척 고개를 들자, 기타니 선생님은 잠자코 화면을 왼쪽으로 넘겼다.

'천재 소년 화가의 작품, 500만에 낙찰'

아무래도 과거 전자신문에 실린 기사인 듯했다. 무엇보다 머리기사가 눈에 띄었다.

본문에는 다섯 살 무렵부터 그림을 시작해 열세 살이 되던 해에 그린 〈유유히〉라는 작품이 약 500만 엔에 낙찰되었다는 것과 미술상인 아버지를 통해 유키 군이 그린 그림이 전부터 수십만이 넘는 가격에 거래되었다는 사연 등이 실려 있었다.

"500만!? 아니, 단위가 엔 맞아요? 한국 돈 원 아니에요?"

"엔이라고 쓰여 있잖아. 이게 원이라면 50만 엔 정도인 걸. 그것도 대단하기는 마찬가지지만."

"그런데 아버지가 미술상이었군요."

"업계에서는 유명했나 봐. 그래서 이런 거래가 가능했던 거겠지. 그건 둘째 치고 기사에서 말한 그림이 이거야."

그렇게 말하며 선생님은 화면을 넘겼다.

그 순간, 나는 숨이 멎을 뻔했다.

가장 먼저 눈에 띈 것은 푸른 색감이었다.

깊고도 맑은 청색. 모순인 듯 모순이 아닌, 모든 생명의 시초를 품은 바다의 색. 하늘을 대신하려는 듯 끝없이 펼쳐진 푸른 물결 아래, 산호초로 뒤덮인 대지에서 피어난 말미잘 정원을 색색이 현란한 물고기와 함께 아름다운 인어가 헤엄치고 있었다.

나는 숨 쉬는 것도 잊은 채 화면에 빨려 들어갔다.

선생님이 태블릿을 끄지 않았다면 언제까지나 넋 놓고 볼 기세였다.

"굉장하지? A4보다 작은 화면으로도 이렇게 형용할 수 없는 감동을 주다니. 이런 그림을 열세 살 때 그리는 괴물이 있더라고."

심장이 믿기지 않을 만큼 빠른 속도로 쿵쾅거리는 게 느껴졌다.

온몸은 터질 듯 달아올랐고, 뇌는 전기충격을 받은 것처럼 마비되었다. 배 속 깊숙한 곳이 흐물흐물해지는가 싶더니 이내 알 수 없는 충동이 배를 뚫고 나올 듯 용솟음쳤다.

전고제에서 놀 수준이 아니었다. 유키의 그림은 아예 급이 달랐다.

'계속 그리는 게 훨씬 대단한 일이니까.'

언젠가 유키는 이렇게 말했었다.

"이런 실력자가 지금은 통근 전철에서나 볼 법한 눈을 하고 죽은 듯이 학교에 다니고 있다니, 인간은 겉으로 봐선 알 수가 없어."

"방금 그 말은 전철로 통근하는 모든 회사원을 다 적으로 돌리는 발언이에요."

"나도 전철로 출근하니까 괜찮아."

그는 얼토당토않은 논리로 받아치더니 "본론으로 돌아가서"라고 말하며 태블릿을 껐다.

"신도가 한 말의 의중은 나중에 생각하자고. 지금 밝힐 수 있는 게 아니니까. 지금 풀어야 할 문제, 라기보다 과제는 '네가 어떻게 하고 싶은가?'야."

"내가 어떻게 하고 싶은가……?"

"그래, 어떻게 해야 할까가 아니라. 내가 상담할 때 종종 하는 말인데, 어떻게 하면 좋을지 모를 때는 타인이 하는 말은 일단 잊어버리고 자신이 하고 싶은 것만 생각하는 거야. 무엇이든 상관없어. 집에 가서 자고 싶으면 자고, 푸딩을 먹고 싶으면 먹어. 하고 싶은 만큼 다 해야, 끝까지 다 해봐야 비로소 정말 하고 싶은 게 눈에 보여. 아, 한 가지 죽고 싶다 같은 건 안 돼. 그런 부정적인 생각은 빼고."

기타니 선생님이 붑—, 하며 팔을 엑스 자로 포개는 모습을 보다 이내 생각에 잠겼다.

한동안 하고 싶은 일 따위 생각조차 해본 적 없었다. 마지막으로 하고 싶은 일을 생각한 건 1년도 더 전이었다. 하지만 이번에는 놀랄 만큼 자연스럽게 생각이 떠올랐다.

"……전 유키 군한테 무슨 일이 있었는지 알고 싶어요."

"빨리도 찾았네."

기타니 선생님은 쓴웃음을 지으며 중얼거렸지만 내게는 오직 그 마음밖에 없었다.

"저는 유키 군에 대해 아무것도 몰라요. 유키 군이 그림을 그리는 이유도, 그만둔 이유도. 지금 괴로워하는 이유도. 전부 알고 싶어요. 그래서 힘이 돼주고 싶어요. ……제가 도움받았던 것처럼요."

내 진솔한 발언에 기타니 선생님의 입꼬리가 올라갔다.

"그렇다면 발로 뛰며 정보를 얻을 수밖에 없겠네."

"발이요?"

"탐문 조사. 잘 모르거나 알고 싶은 건 내 발로 가서 직접 확인한다. 탐정의 기본 아냐?"

"저는, 탐정이 아닌데요?"

내 반박을 가볍게 무시한 채 그는 거뭇거뭇한 턱수염을 문지르며 말했다.

"그래 맞다. 일단은 유키의 친구부터 시작하는 게 좋겠다. 이를테면……, 중학교 동창이라든가."

✿ ✿ ✿

10/6(화) 17:23

미스미　　갑자기 미안해요. 미스미예요.

　　　　　언제 시간 돼요?

10/9(금) 18:20

마호입니다　일요일이 좋아. 🐢

10/9(금) 18:41

미스미　　그럼, 일요일 10시에 역 앞에서 만나요.

4

일요일 아침, 하늘은 청명했고 역 앞은 이미 수많은 행인으로 북적거렸다.

나는 아무리 편의상 정했다지만 약속 장소로 역 앞은 아닌 것 같다고 생각하며 주위를 둘러봤다. 그때 시계탑 아래서 있는 소녀의 뒷모습이 눈에 띄었다.

"안녕하세요."

걸어가서 어깨를 두드린 뒤 그대로 집게손가락을 곧게 뻗었다.

"⋯⋯엇, 왔네?"

고개를 돌린 소녀, 신도는 내 집게손가락에 볼을 찔린 채 인사했다. 놀라서 미간을 찌푸리면서도 인사를 받아주는 모습이 귀여워 나도 모르게 웃음이 났다.

"옷이 너무 귀여워요."

"아⋯⋯. 아, 고마워."

신도는 흰색 하이웨이스트 팬츠에 얇은 카키색 카디건을 입고 있었다. 깊어가는 가을에 잘 어울리는 옷차림이었다. 가방과 운동화는 무난하게 검정과 흰색으로 매치해 단정한 느낌을 더해주었고, 머리는 둥글게 말아 올리는 대신 하나로 묶어서 가슴 쪽에 늘어뜨렸다. 한마디로 정말 귀여웠다. 하지만 신도는 안 그래도 동그란 눈을 더 동그랗게 뜬 채 사야카를 빤히 쳐다보기만 했다.

"왜 그렇게 놀라요?"

"미, 미안. 지난번 일도 있는데 너무 아무렇지 않게 다가 와서 놀라서 그만⋯⋯."

'지난번 일'이란 학생 지도실에서의 일을 말하는 듯했다.

"저, 그렇게 꼬이지 않았어요. 감정 상관없이 좋은 건 좋 다고 확실히 말하는 성격이에요."

"고, 고마워. 그리고 이렇게 제대로 칭찬받은 게 처음이 라서, 내 옷차림이 촌스럽지 않구나 싶어서 안심했어⋯⋯."

신도의 갑작스러운 고백에 나는 내 귀를 의심했다.

"처음이라고요? 친구들하고 같이 놀러 다니지 않아요?"

"아, 놀러 다니지! 안즈나 다른 친구들하고도. 하지만 다 들 나보다 훨씬 옷을 잘 입는 데다 칭찬에 인색하달까? 꾸 미는 게 당연하다는 분위기야."

"아깝네요, 이렇게 귀여운데⋯⋯. 어라?"

무안한 듯 웃는 신도의 얼굴을 바라보다 평소와 다른 점 을 발견하고는 나도 모르게 신도의 어깨를 잡고 얼굴을 들 이밀었다.

"화장하고 왔죠? 너무 예뻐요."

"어!? 가, 가까⋯⋯."

학교에서 화장은 원칙적으로 금지지만 어차피 하는 애들은 다 하고 다니기 때문에 살짝 눈감아 주는 분위기가 있었다. 그래도 신도는 학교에서는 맨얼굴이었다. 즉 오늘 화장은 우리 약속을 위해 특별히 하고 나온 것이었다.

"유키가 말한 게 이런 거였구나…… 참 고마운 친구네."

"미스미, 뭘 혼자 그렇게 중얼거려? 무섭게……."

"아, 미안해요, 그냥 혼잣말이에요."

내가 냉큼 물러서자 신도는 그제야 풀려났다는 듯 안도의 한숨을 내쉬었다. 그 모습마저 귀여웠다.

"이렇게 신경 써서 나와줬는데 정작 제가 이런 차림이라 민망하네요."

나는 휴일임에도 학생화에 교복 차림이었다.

"안 그래도 궁금했어. 웬 교복?"

"입을 옷이 없어요. 실내복은 있지만 외출할 때 입을 옷이 한 벌도 없어서."

"아……. 그, 그렇구나."

괜한 걸 물었다는 후회가 가득 담긴 신도의 눈동자가 거세게 흔들렸다. 그 모습을 보고 있자니 저절로 안쓰러운 미소가 흘러나왔다. 신도는 눈치가 빠르고 착한 친구였지만 그 탓에 살면서 피곤한 일을 제법 많이 겪을 것 같았다.

"일단 갈까요?"

나는 일부러 더 씩씩한 척하며 신도의 손을 잡았다.

어색함에 얼어붙어 있던 신도도 쭈뼛거리며 걸음을 내디뎠다.

✿ ✿ ✿

여담이지만 히노야마에는 몇 년 전부터 재개발 바람이 불고 있었다.

변두리 시골 마을이라는 건 이제 옛말이다. 남쪽으로 난 큰 도로까지 포함하면 역 주변에 대형 쇼핑몰이 세 곳이나 있고, 역 근처 상점가에는 2층 높이의 영화관과 인형 뽑기 기계 수로 기네스북에 오른 게임 센터도 있었다. 젊은 층을 겨냥한 옷 가게도 많아 이제는 역 주변에서 쇼핑과 오락을 한 번에 해결할 수 있다.

"그럼, 다음에는 어디로 갈까요? 아, 저기 액세서리 좋지 않아요? 예쁜 거 많아 보여요."

"저기, 잠깐만."

맞은편 가게로 향하려는데 신도가 내 팔을 붙들며 제지했다. 뒤를 돌아보자 신도가 도토리에 맞은 다람쥐 같은 얼굴로 날 쳐다보고 있었다.

"왜요? 다른 거 볼래요?"

"아니, 그게 아니고……. 우리 쇼핑 왜 하는 거야?"

신도가 양손에 들린 쇼핑백을 흔들며 물었다. 나는 양팔에 각각 두 개 이상의 쇼핑백을 건 채 방금 사 입은 트렌치코트의 소매를 걷어 올리며 대답했다.

"아까 말했잖아요. 제가 옷이 없다고."

함께 돌아다닌 지 벌써 두 시간째. 나는 외출복을 사야겠다며 신도를 끌고 쇼핑몰 이곳저곳을 유유히 돌아다녔다. 필요한 옷은 이미 다 사서 다른 옷으로 갈아입은 상태였다.

"그건 알지만, 내가 궁금한 건 그게 아니라……."

"아, 이 나비 모양 귀걸이 어때요? 색깔이며 실루엣이 너무 예쁘지 않아요?"

"응, 되게 귀엽……. 아니, 그게 아니고!"

신도는 손사래를 치려 했지만, 양손에 거추장스럽게 들린 쇼핑백만 부스럭거릴 뿐이었다. 그 모습에 나도 모르게 슬며시 미소가 나왔다.

두 시간 정도 함께 다녀보니 신도 마호라는 소녀한테는 장난을 치거나 괜히 건드리고 싶은 매력이 있었다. 깨물어 주고 싶다는 표현이 어울리는 친구였다. 반에서 공주라고 불리며 귀여움을 받는 게 이해가 갔다.

"알았어요, 알았어. 점심시간이니까 일단 밥부터 먹으러 가요."

"아, 그게 아니—"

나는 야무지게 액세서리 쇼핑까지 마치고 곧바로 신도를 위층 패밀리 레스토랑으로 끌고 갔다. 하지만 주문을 하고 웨이트리스가 자리를 뜬 후에도 그녀는 여전히 부루퉁한 표정을 짓고 있었다.

"쇼핑이 그렇게 지루했어요?"

"아니, 쇼핑은 진짜 즐거웠어. 네가 칭찬을 하도 해서 너무 많이 산 거 같아."

"그럼, 다행이네요."

그렇다. 이러니저러니 해도 신도도 신났던 것이다.

의외로 옷 취향이 잘 맞아서 이 옷도 좋다, 저것도 귀엽다, 하며 서로 고른 옷을 봐주다 보니 너무 많이 사고 말았다. 또 같이 오면 좋겠다는 마음에 벌써 다음 약속부터 잡을 생각을 하는 나와는 달리 신도는 의아하다는 듯 내 얼굴을 빤히 쳐다보며 말했다.

"그건 그렇고, 난 왜 부른 거야?"

"왜냐니요?"

나는 프루트 티를 마시며 되물었다.

"아니, 저번에 너한테 그렇게 심한 말을 했는데……."

날 쳐다보는 신도의 눈동자가 여러 빛깔을 띠며 흔들렸다. 그 복합적인 감정을 다 읽어내기란 꽤 어려운 일이었다.

다만 확실한 건 그 눈동자에 깃든 빛이 단순하지 않다는 것이다. 심란한 와중에도 진솔하게 대해주는 신도에게 나도 거짓 없이 다가가야겠다고 마음먹으며 프루트 티를 탁자에 내려놨다.

"화요일에 당번이었죠?"

"아, 응."

"3교시 수학 시간 끝나고 제가 필기 다 마칠 때까지 칠판 지우지 않고 기다려 줬잖아요. 그때 정말 고마웠어요."

"아, 알고 있었구나……!?"

"모를 리가 없잖아요. 같은 교실인데."

신도는 얼굴이 빨개져서는 고개를 푹 숙였다. 나는 웃으며 말을 이었다.

"유키와 헤어져 달라는 말은 지금도 무슨 뜻인지 잘 모르겠어요. 하지만 필기가 끝날 때까지 기다려 주는 사람이라면 친해질 수 있겠다 싶었고 친해지고 싶었어요."

나는 잠시 호흡을 가다듬고는 고개를 들었다.

"그래서 호칭을 바꾸고 싶어요."

"호칭을 바꾼다고?"

"네, 제가 정말 좋아하는 사람이 그러는데 누군가와 친해지려면 이름으로 부르는 게 가장 좋대요. 안 될까요?"

"아, 안 되기는! 좋아!"

"잘됐다. 그럼, 앞으로 잘 부탁해요. 마호 짱."

"응, 잘……, 부탁해. 사—"

"아, 저는 사 짱이라고 불러주세요."

"아……, 사 짱?"

"어렸을 때는 그렇게 불렀어요. 그러니 사 짱이라고 불러주면 좋겠어요."

"아, 알았어. 잘 부탁해, 사 짱."

그렇게 서로 이름을 부르기로 했을 때쯤, 웨이트리스가 주문한 음식을 가지고 왔다.

"우선 밥부터 먹을까요?"

"응."

웨이트리스가 테이블에 일본식 스파게티와 데미글라스 소스를 얹은 오므라이스를 세팅했다.

누가 먼저랄 것도 없이 우리는 두 손을 모은 뒤, 첫술을 떠서 입으로 가져갔다. 곧이어 감탄사가 튀어나왔다.

"……맛있어."

"맛있네요."

입에서 살살 녹는 달걀을 먹으니 과거 생일날이 떠올랐다.

'어때, 어때!? 이번 거? 맛있지?'

두 사람만의 식탁, 그녀의 미소, 볼에 묻은 케첩.

그 맛은 무엇과도 비교할 수 없었다.

하지만 눈앞의 소녀와 먹는 이 오므라이스도 그 못지않게 맛있었다.

5

"미리 해두고 싶은 말이 있는데요, 저랑 유키 군은 딱히 사귀는 사이는 아니에요."

식사를 마친 그릇이 치워지고 디저트로 미니 파르페가 나온 참이었다.

따로 디저트를 주문하지 않은 마호가 멜론 소다를 입으로 가져가려다 멈칫했다.

"그래……? 하, 하지만 포스터는 그려주기로 했다며?"

"그려주기로 했죠. 그렇다고 사귀는 건 아니에요. 포스터를 그려준다고 해서 사귄다는 뜻은 아니잖아요?"

"그, 그래도……! 친구도 없는 사하라가 자기 대신 포스터를 그려달라고 부탁할 만한 사람이 여자친구밖에 더 있겠어?"

"하긴……. 그건, 그래요."

부정할 수 없다는 게 슬펐다. 설마 친구가 없다는 게 이런 오해를 불러일으킬 줄은 유키도 생각하지 못했을 것이다.

"그래서 두 사람이 헤어지면 사하라가 그릴 수밖에 없을 거라고 생각했어."

마호는 울상을 지으며 슬며시 고개를 숙이고는 "미안해"라고 사과했다.

"솔직하게 말해줬으니 괜찮아요."

나는 얕은 숨을 내쉬며 마호를 바라봤다.

"하지만 한 가지 궁금한 게 있어요. 왜 그렇게까지 유키 군이 그림을 그리길 바라는 거예요?"

마호는 유키가 여자친구가 아니면 포스터를 부탁할 리 없다고 판단할 만큼 그를 잘 이해하고 있었다. 심지어 헤어지게 해서라도 그가 그림을 그리도록 만들려고 했다. 그 이유가 뭘까?

"유키 군을 좋아해요?"

마호는 앞에 놓인 멜론 소다를 물끄러미 바라보며 작게 중얼거렸다.

"……모르겠어."

"네?"

"안즈도 비슷한 걸 물어보더라고. 근데 잘 모르겠어. 그냥……, 사하라와 한 약속을 지키고 싶을 뿐이야."

마호가 쥐어짜듯 꺼낸 대답이 마음속에 메아리처럼 울렸다.

약속.

"약속이라니, 무슨 약속을 했는데요?"

나는 몸을 앞으로 내밀고 마호의 손을 살포시 잡았다.

"저, 유키 군에 대해 알고 싶어요. 어째서 그림을 그만뒀는지. 아니, 그것 말고도 그에 관한 거라면 뭐든 알고 싶어요."

"……사하라가 좋아서?"

마호의 질문에 나는 웃으며 고개를 저었다.

"저는 유키 군을 좋아하면 안 돼요."

마호는 당혹스러운 눈길로 날 쳐다봤다. 하지만 그녀를 응시하며 간절하게 답을 기다리는 내게 졌다는 듯 이윽고 조금씩 이야기를 털어놓기 시작했다.

"사하라는 날 도와줬어."

✿ ✿ ✿

"어이, 신도. 뭐 그리냐? 우리도 좀 보여주지?"

중학교 3학년, 점심시간 때였다. 마호가 고개를 들자 늘 붙어 다니는 세 사람이 마호 쪽을 내려다보고 있었다.

5월의 훈풍이 불어와 교실의 커튼뿐 아니라 마호의 평정심까지 흔들었다.

"왜 대답이 없어? 어~ 이, 고장 났어?"

다른 애가 마치 활을 잡아당기듯 입을 비죽거리며 물었다. 입술에 들러붙은 침과 치아 교정기가 훤히 들여다보였다.

"우와, 엄청 귀엽네! 이 캐릭터 뭐야, 마법 소녀? 무슨 애니메이션이야? 나도 알려줘."

나머지 한 명이 노트를 낚아채더니 귀신 목이라도 딴 것처럼 큰 소리로 떠벌리기 시작했다. 노트에는 마호가 초등학생 때부터 쭉 좋아했던 작품의 등장인물이 그려져 있었다. 하지만 알려줘 봤자 소용없다. 그들이 원하는 건 그런 게 아니니까.

느릿느릿 한 박자 뒤늦게 주위의 시선이 마호를 향했다. 그 시선에 마지못해 마호가 고개를 숙이자 통쾌한 듯 야유를 퍼붓는 그들의 목소리가 고막을 찢을 것처럼 울려 퍼졌다.

새하얘진 머릿속으로 마호는 몇 번이고 지난 일을 후회했다.

발단은 2주 전 미술 수업이었다. 서로의 얼굴을 그리는 시간이었는데 마호는 그들 중 우두머리 격인 소녀와 짝을 이뤘다.

"저기, 그거 좀 지워."

그림이 거의 완성됐을 즈음, 대뜸 그 우두머리 소녀가 말했다.

"아……, 그거라니?"

"주근깨. 꼭 말로 해야 알아? 그건 뭐 하러 그려?"

그녀는 짜증을 감출 생각도 하지 않고 머리카락을 뱅글뱅글 손가락으로 감으며 한숨을 쉬었다.

"뭐 하러 그리긴, 은하수 같고 예쁘잖아."

마호는 순수하게 자기 생각을 말했다. 시시각각 변하는 표정 위에서 변함없이 흐르는 별 무리가 멋지다고 생각했다. 하지만 그 아이는 정색하더니 낮은 목소리로 중얼댔다.

"……사람 놀리지 마."

마호가 스스로 '지뢰'를 밟았다는 사실을 깨닫기까지는 그리 오래 걸리지 않았다.

그렇게 아무것도 모르는 순진한 소녀를 상대로 개인적인 원한을 빌미로 한 복수가 시작되었다.

그 아이는 집어 든 그림을 유심히 살피며 비아냥거렸다.

"다들 눈도 크고 몸매도 좋네. 잡티도 하나 없고. 주근깨가 은하수처럼 박힌 애는 없나 봐?"

그 말에 마호의 입에서 절로 신음이 나왔다.

그날 이후, 그녀는 화장을 시작했다. 주근깨를 가리려고 두껍게 바른 파운데이션도, 지금의 대화도 다른 애들은 못 본 척, 안 들리는 척했다.

"도, 돌려줘……."

마호가 가까스로 반항해 보았지만 그녀는 점점 재미있다는 듯 들고 있던 노트를 팔랑팔랑 흔들어 보였다.

"그럼 무슨 캐릭터인지 말해봐. 다 들리게 큰 소리로. 네가 하도 못 그려서 무슨 그림인지 도통 모르겠으니까."

못 그렸다는 말에 마호는 눈앞이 아찔해졌다. 그 말에 대꾸할 자격이 자신에게는 없었다. 동급생 중에 반박할 수 있는 사람은 없다. 한 사람만 빼고. 그들도 그걸 알기 때문에 마호에게 그런 말을 함부로 하는 것이다.

"뭐야, 우는 거야?"

"짜증 나."

"불쌍해."

고개 숙인 마호의 머리 위로 얼음장같이 차가운 말들이 쏟아졌다.

"됐으니까 돌려달라고……!"

눈물이 나는 것도 아랑곳하지 않고 마호가 일어나 팔을 뻗었다.

"어머, 꼴에 화났나 봐."

마호의 필사적인 반항을 비웃기라도 하듯 노트를 든 그녀의 팔이 위로 올라갔다.

슬로모션처럼, 하지만 순식간에 멀어지는 노트를 보며 마호가 절망하고 있는데 갑자기 옆에서 다른 손 하나가 불쑥 튀어나와 그녀의 팔을 제지했다.

"아!"

새된 소리가 들리고, 곧이어 노트가 바닥에 떨어졌다. 그녀는 냉큼 팔을 뿌리치곤 누군가를 매섭게 노려보았다. 그러다 곧 눈이 휘둥그레지며 얼어붙고 말았다. 마호도 뒤늦게 확인하고는 마른침을 삼켰다.

말총머리에 군데군데 물감이 묻은 운동복과 실내화.

그곳에는 사하라 유키가 서 있었다.

무슨 생각을 하는지 모르겠는, 아니 늘 생각에 잠겨 있는 듯한 담담한 표정으로 유키는 짧게 쏘아붙였다.

"사람 좀 그만 괴롭혀."

3 대 1의 구도 속에서 두 사람은 서로를 노려봤다.

하지만 유키는 그녀의 얼굴을 쳐다보다 이내 눈살을 찌푸렸다.

일촉즉발의 상황과는 어울리지 않는, 그저 당혹스럽다는 표정.

"뭐야? 기분 나쁘게 왜 남의 얼굴은 빤히 쳐다봐? 내 얼굴에 뭐라도 묻었어?"

"아니……, 근데 화장이 좀 진하지 않냐? 꼭 밀가루 바른 것 같아서는, 그렇게 하는 거 맞아?"

악의 없는 공격만큼 아픈 것도 없다.

순간 그녀의 얼굴색이 파운데이션으로도 가려지지 않을 만큼 벌게졌다. 때마침 점심시간 종료를 알리는 종이 울렸다.

"짜증 나. 자기가 무슨 영웅이라고."

그녀는 벌게진 얼굴로 욕설 몇 마디를 내뱉더니 도망치듯 자리로 돌아갔다.

"……무섭네."

유키는 나지막이 중얼거리며 노트를 집어 마호에게 내밀었다.

"자, 이거."

"아, 고마워."

마호는 경황이 없어서 유키가 친구로 보이는 남자애한테 교과서를 빌려 나가는 모습을 그저 지켜볼 수밖에 없었다.

"아, 저기!"

마호가 유키의 뒷모습을 바라보며 소리쳤다. 반 친구에게 물어 겨우 유키의 행선지를 알아낸 참이었다.

캔버스 백을 들고 있는 유키가 마호 쪽을 돌아봤다.

"응? 아, 점심때 봤지? 아까는 무섭더라. 그 후로 괜찮았어?"

마호는 거친 숨을 몰아쉬며 고개를 끄덕였다.

"응. 사하라, 네 덕분에 아무 일도 없었어."

"그럼, 다행이고. 그나저나 내 이름 알고 있었네?"

"우리 학교에서 너 모르는 애는 없을걸."

유키는 미술 대회에서 여러 차례 수상한 덕에 학교 내에서도 학년에 상관없이 꽤 유명했다.

게다가 으레 '화가' 하면 떠오르는 유별나거나 모난 구석이 없고, 누구에게나 스스럼없이 대하는 성격이었다. 마호도 유키가 복도에서 다른 남학생과 장난치는 모습을 몇 번인가 본 적이 있었다.

"그렇지는 않겠지만 고마워. ……그런데 걔들하고는 늘 **그런** 식이야?"

"아니, 항상 그런 건 아니야. 한 2주 정도 됐어."

"2주씩이나? 그럼, 내일 또 뭔 일을 당할지 모른다는 거잖아?"

유키의 표정이 심각해지는가 싶더니, 별안간 좋은 생각이 났는지 번쩍 고개를 들었다.

"맞다! 그럼, 내일부터 저기로 와."

그렇게 말하며 유키가 미술실을 가리켰다. 하지만 마호는 천천히 고개를 가로저었다.

"점심시간은 못 쓴대. 미술부 선생님이 그랬어."

미술부인 마호도 당연히 미술실로 피신할 생각을 했지만 미술부 담당 선생님이 낮에는 사용할 수 없다며 출입을 금지했다.

"난 매일 쓰고 있는데……. 안 되는 거였구나."

유키가 조심스럽게 중얼거리자, 마호는 그제야 상황을 이해했다.

"점심시간에는 못 써. 네가 쓰고 있어서 그런가 봐."

"어, 그래?"

"미술부 선생님이 네 그림 정말 좋아하잖아. 미술 대회 얘기 나올 때마다 '유키도 학교 대표로 내보내야 하는데~ 그래도 자유롭게 놔둬야지 뭐~' 하고 푸념하는 거 보면 아마 맞을걸."

마호의 말에 유키는 한바탕 웃음을 터뜨렸다. 그러더니 빙그레 웃으며 말했다.

"그럼, 됐네."

다음 날 점심시간, 마호는 미술실을 찾았다.

"사하라, 걔네한테 무슨 짓을 한 거야?"

듣던 대로 유키는 창가에 앉아 혼자 그림을 그리고 있었다. 묵묵히 연필로 종이를 채워가는, 흡사 상아탑 속 주인 같은 모습에 마호는 낯선 세계에서 길을 잃은 듯한 흥분을 느꼈다. 말을 거는 것조차 조심스러웠지만, 꼭 확인할 게 있었다.

"딱히 한 거 없는데."

마호는 스케치북에서 시선을 거두지 않은 채 대답하는 유키에게 눈을 가늘게 뜨고 반박했다.

"거짓말. 교실에서 나오는데 걔들이 어제 일 사과하던데."

"아, 미술부 선생님한테 어제 일 얘기했거든. 까딱하다 걔네가 보복이라도 하면 그림 그리는 데 지장 있을지 모른다고."

"한 게 없는 게 아니잖아……."

그렇게 어제 일이 일단락되면서 미술실을 찾을 명분이 사라진 마호가 뻘쭘한 얼굴로 서 있자 유키는 그제야 고개를 들었다.

"뭘 그렇게 멀뚱히 서 있어? 안 그려?"

"아니, 이제 문제도 해결됐고……."

마호는 있어도 되느냐는 질문을 돌려서 해보았지만 유키는 무슨 말을 하고 싶은지 모르겠다는 듯 미간을 찌푸렸다.

"이제 눈치 안 보고 그릴 수 있으니까 잘됐지 뭐. 그렇게 멍하니 점심시간 다 보낼래?"

유키는 그렇게 말하고는 다시 스케치북으로 시선을 돌렸다. 주변에 자리가 비어 있어 어디든 앉을 수 있었다.

"그럼……, 실례 좀 할게."

마호는 맞은편에 앉아 노트를 펼쳤다. 유키가 "응" 하고 작게 대답했다. 두 사람은 그렇게 볕이 드는 창가에서 함께 그림을 그리기 시작했다.

장마가 한창이던 어느 날, 마호가 유키에게 물었다.

"이런 질문 새삼스럽지만, 그때 왜 나 도와줬어?"

"왜라니, 그건 왜 물어?"

유키는 손을 계속 움직이며 되물었다.

"보통 다른 반의 모르는 여자애를 도와주지는 않잖아. 어려운 사람을 보면 그냥 못 지나치는 성격이면 모를까, 네가 그런 성인聖人도 아니고."

"뭐야, 그럼 내가 냉혈한 같단 말이야?"

"그게 아니라! 넌 무엇보다 그림이 중요하잖아. 그림 그리는 별나라에서 온 사람 같달까?"

"결국 성인星人인 건 같네."

"남은 진지하게 묻는데……. 됐어!"

마호가 포기하고 다시 그림에 집중하려는데 탁, 하는 소리가 났다.

그림 그리는 손을 멈추는 법이 없는 유키가 연필을 책상에 내려놓더니 마호를 바라봤다.

"……웃지 않겠다고 약속하면 말해줄게."

"아, 알았어."

마호가 고개를 끄덕이자 유키가 얕은 숨을 들이쉬었다.

"옛날에 그림 교실에 다닌 적이 있어. 거긴 미취학 아동이나 초등학생이 대부분이어서 보육원과 다름없었지."

유키는 벌레 씹은 표정으로 얘기를 시작했다.

"하루는 체험 삼아 우리 그림 교실에 온 아이를 도와주게 됐어. 당시 나는 그림 교실에서도 잘 그리는 편에 속해서 좀 우쭐했었어. 그래서 그 아이의 그림을 보고는 '와, 진짜 못 그린다' 하고 놀려댔지. 그랬더니 걔가 대성통곡을 하는 거야. 결국 그날 이후로 다시는 오지 않았어. ……나 바보 같지?"

"응, 바보 같네."

마호는 무심코 동의했다.

"혼도 많이 났고, 나도 너무 후회돼서 그 단어에 민감해졌나 봐. 그날도 귀에 딱 꽂히더라고. 그래서 소리 나는 쪽을 보니까 네가 울상을 짓고 있는 거야. 정신 차려보니 내가 말리고 있었어."

유키는 자조적인 미소를 지었다.

"유치하지? 웃어도 돼."

유키는 아까와는 반대로 웃으라고 말했지만 마호는 고개를 저었다.

"웃긴. 이런 훌륭한 사람을 보고 웃을 순 없지."

"이게 뭐가 훌륭해?"

"제대로 기억하고 있으니까. 책에서 읽었는데 사람의 뇌는 괴로운 기억을 무의식적으로 잊어버리거나 깊이 묻어놓는대."

"아······."

"그래도 넌 제대로 후회하고 반성하고 기억하고 있잖아. 본인이 애쓰지 않았다면 그렇게 잘 기억할 수 없을걸. 그래서 훌륭하다는 거야."

언젠가 그 아이를 다시 만나면 좋겠다는 마호의 말에 유키는 어깨를 으쓱하며 웃었다.

여름방학을 코앞에 둔 어느 날이었다.

"넌 고등학교 어디 지원할지 정했어?"

유키가 평소답지 않게 연필을 놓고는 가만히 창밖만 바라보다 대뜸 그렇게 물었다.

"응, 그건 왜?"

마호가 되묻자 유키는 책상 위에 팔꿈치를 괴고 대답했다.

"······어쩌다 보니 학원에 다니게 됐거든."

억지로 다닌다는 게 여실히 느껴지는 대답이었다.

"혹시 엄마가 가라고 해서 다니는 거야?"

"뭐, 그렇지."

"너희 엄마, 무서운 분이라더라."

"다른 엄마에 비하면 확실히 그렇지. 근데 잠깐, 내가 너한테 우리 엄마 얘기한 적 있어?"

"아니. 근데 너네 엄마 유명해. 엄청 미인이고 엄격한 사람이라고. 선생님하고 진로 상담할 때, 왜 성적표에 4등급 항목이 있냐며 따졌다는 둥, 티슈랑 손수건 없는 사람은 야만인 취급한다는 둥."

"소문이 부풀려진 거야! 4등급이 아니라 3등급이고, 티슈하고 손수건은 그냥 단정하게 하고 다니라는 소리였어."

"아, 미안. 그럼 무서운 분은 아니구나."

"아니, 엄청 무섭긴 해."

"무섭긴 무서운 분이구나……."

생각해 보니 유키는 그저 소문의 내용을 정정했을 뿐이었다.

"학원은 따로 지망하는 학교가 있어서 다니는 거야?"

"없어. 그래서 물어보는 거야. 엄마는 국립학교를 가라는데."

"아……."

유키는 대수롭지 않게 대답했지만 마호는 자기도 모르게 몸을 움츠렸다. 마호에게 국립학교는 선택지에 넣은 적조차 없는 딴 세상 이야기였다.

"그래서 신도 넌 어디 가고 싶은데?"

이제 와 함구하기도 뭐해서 마호는 쭈뼛쭈뼛 대답했다.

"……히, 히노야마."

"히노야마? 거긴 너무 멀잖아? 왜 그렇게 먼 곳을?"

같은 현 소속이지만 히노야마는 그들이 다니는 중학교와 거의 정반대 편에 있는 학교였다.

유키가 의아한 듯 고개를 갸웃하자 마호는 겸연쩍은 표정으로 볼을 긁적이며 대답했다.

"축제가 재밌었거든……."

"아, 규모가 엄청나다며. 뉴스에서 본 적 있어."

"맞아! 축제 규모가 진짜 커!"

히노야마 고교 축제, 통칭 '일류제'는 현뿐만 아니라 전국에서도 손꼽히는 규모로, 방문객 수가 3만 명을 넘은 해도 있다고 했다.

"축제 때 본 미술부 전시 작품도 수준이 정말 높더라고. 미술부 선배들이 '꼭 와, 기다릴게!'라고 말해줬고. 그때 기억이 좋아서 더 가고 싶어졌어."

황홀한 듯 추억을 회상하는 마호를 보며 유키는 미소 지었다. 하지만 이내 미간에 주름을 잡으며 물었다.

"그런데 그 선배들, 너 입학하면 졸업하고 없을 텐데?"

"그건 상관없어! 동기부여를 받았다는 게 중요하니까!"

유키는 마호의 기세에 눌린 듯 멋쩍은 미소를 지으며 말했다.

"그, 그래, 힘내."

"응! 근데 나보다 네가 더 열심히 해야 할걸. 국립은 어지 간히 공부해서는 안 되잖아."

"그렇지. 그림은 입시 끝날 때까지 당분간 미뤄야겠지."

"그렇네……. 그럼, 이 모임도 끝이구나."

마호가 시무룩한 표정을 짓자 유키가 피식 웃으며 말했다.

"무슨 소리야. 여기서 꼭 그림만 그려야 한다는 법 있냐? 여름방학 지나면 공부하러 오면 되지."

고개를 든 마호에게 유키는 그녀가 가장 듣고 싶은 말을 해주었다.

"입시 끝나면 또 실컷 그리자."

"응! 그래!"

"그러니까 힘내자"라며 유키가 내민 주먹에 마호도 자기 주먹을 맞댔다.

그날 이후, 유키가 미술실을 찾는 일은 없었다.

"……안 왔다고요?"

얼음이 녹기도 전에 멜론 소다를 다 마신 마호가 "응" 하고 고개를 끄덕였다.

"분위기도 어두워졌달까. 내내 긴장해서는 다른 애들한 테도 거의 말을 안 걸더라고."

"……무슨 일이 있었나요?"

"그걸 알면 여기 있지도 않지."

맥없이 미소 짓는 마호에게 나는 아무 말도 하지 못했다.

"사하라하고 난 다른 반이라 그냥 이대로 동급생으로 돌아가는구나, 지난 일은 추억이 되겠구나, 하고 생각했어."

마호는 꼭 쥔 주먹을 펼치더니 가만히 응시했다.

"그래서 입학식에서 사하라를 봤을 땐 정말 꿈인 줄 알 았다니까. 실제로 말을 걸어도 날 잘 못 알아보는 눈치기도 했고. 그래도 이름을 말하니까 생각이 나는 모양이더라고……. 얼마나 기뻤는지."

"그런데" 하고 마호는 손바닥을 보며 중얼거렸다.

곧이어 눈물 한 방울이 떨어졌다.

"다시 같이 그리자니까, '미안' 이러더니, '약속은 못 지키지만, 신도가 그림을 계속 그려주면 좋겠어'라는 둥, '그림 완성되면 보러 갈게'라는 둥 종잡을 수 없는 말만 하는 거야."

두 방울, 세 방울. 눈물은 계속 떨어졌다.

눈물이 떨어질수록 손과 목소리의 떨림도 점점 격해졌다.

"……무슨 말을 해도 말릴 수 없었어. 사하라는 날 보는 듯했지만, 실은 아무것도 보고 있지 않았어. 슬픈 눈으로 어딘가 먼 곳을 응시하는 것 같았어."

나는 아무 말도 하지 못했다. 누가, 무슨 말을 할 수 있을까.

이건 비극도 뭣도 아니었다. 의미도, 이유도 모른 채 갑작스레 어둠 속에 내던져진 것뿐이었다.

"그래도 약속을 지켜줬으면 하고 다시 바라게 된 계기가 있잖아요?"

내 말에 마호는 눈물을 닦으며 고개를 끄덕였다.

"사하라가 남긴 러프 드로잉으로 그림을 그린 적이 있어."

"그게 혹시……, 〈1만 2000킬로미터의 여로〉인가요?"

"맞아, 내가 그걸 그렸을 때 사하라가 뭐라고 했을 거 같아?"

"뭐라고 했는데요?"

"'고마워, 이 그림 완성된 걸 보고 싶었어.' 이러더라고. 나한테 완성을 맡기느니 차라리 자기가 다시 그리고 말겠다는 식으로 화를 낼 줄 알았는데."

마호는 그리 오래되지 않은 지난 일을 회상하며 쓴웃음을 지었다.

"하지만 그때 난 똑똑히 들었어. '그리고 싶다'고 사하라가 중얼거린 거. 옆에서 그걸 보는데 역시 포기가 안 되더라고."

"……그래서 축제 포스터를."

"응, 축제 포스터는 매년 미술부가 그리는데, 내가 미술부랑 축제 실행 위원을 겸하니까 그걸 이용한 거지. 이제 포스터 의뢰만 하면 되는 거였는데."

마호는 잠시 숨을 고르더니, 우는 건지 웃는 건지 알 수 없는 표정으로 말했다.

"……나로는 역부족이었던 거 같아."

그렇게 말하며 다시 눈물을 떨구었다.

6

바쁠 망忙이라는 한자를 뜯어보면 정신[情]을 잃는다[亡]는 의미다.

즉 무언가를 생각할 겨를도 없을 만큼 할 일이 많다는 뜻이다.

"저기, 상자가 없어!"

"누가 가져갔어?"

"소도구 팀, 메뉴판 샘플 완성됐어."

"대박! 나 목수에 재능 있나 봐."

"저기, 수성사인펜이 없어, 수성사인펜."

"다코야키 만드는 거 연습하자."

"거기 농땡이 부리지 마!"

우리 2학년 8반은 그야말로 정신을 잃을 만큼 분주한 시기를 보내고 있었다.

아니, 히노야마 고교생 모두 얼마 남지 않은 일륜제를 앞두고 저마다 준비에 박차를 가하고 있었다. 물론 나도 예외는 아니었다.

"안 짱, 입간판 가져왔는데, 어디 둘까요?"

"사 짱, 고마워~! 거기 어디 적당한 데 두고 쉬고 있어!"

축제 준비실에서 가져온 입간판을 들고 물어보자, 남학생한테 격하게 지시를 내리던 안즈가 환하게 웃으며 대답했다. 볼에 묻은 페인트 자국이 매력적이었다.

"아직 거뜬해요. 또 가져올 거 없어요?"

"무슨 소리야! 아까부터 계속 정신없이 돌아다녔잖아. 좀 쉬어야지!"

안즈의 말을 들으니 과거 유키가 했던 말이 떠올랐다. 나는 쓴웃음을 지으며 입간판을 건넸다.

"그럼, 마실 것 좀 사 올게요."

교실을 빠져나와 방과 후라고는 믿기지 않을 만큼 활기찬 복도를 걸어갔다. 어딜 가나 축제 분위기가 물씬 느껴져 준비 과정을 지켜보는 것만으로도 즐거웠다.

그럴수록 유키 생각이 더 많이 났다.

"……유키 군이 있었다면 더 좋았을 텐데."

내 중얼거림은 누구의 귀에도 닿지 않은 채 높고 맑은 가을 하늘과 자전거 보관소에 머물다 낙엽 사이로 떨어져 흩어졌다. 그대로 자전거 보관소 앞 자판기로 향하려던 그때였다.

"……응."

소리 나는 쪽으로 고개를 돌린 건 우연이었다. 굳이 이유를 대자면 가을바람이 그들의 목소리를 실어다 준 탓이다.

"……마호 짱하고 구지 군?"

바람이 불어온 곳, 체육관 건물 1층 기둥 옆에서 두 사람이 축제 실행 위원회 티셔츠를 입고 뭔가 심각한 대화를 나누고 있었다. 하지만 아무래도 거리가 있어 무슨 내용인지는 알 수 없었다. 그때, 갑자기 마호가 동관으로 뛰어가 사라져 버렸다.

홀로 남은 구지는 안타까운 듯 그 뒷모습을 멍하니 바라보다 이내 목덜미를 문지르며 고개를 정면으로 돌렸다. 그 순간 나와 눈이 마주쳤다. 마치 숨바꼭질하다 술래에게 걸린 사람처럼 민망한 미소를 짓더니 '하필'이라고 중얼거리는 입 모양이 보였다. 구지는 발치에 둔 상자를 들고는 환하게 웃으며 다가왔다.

나는 냅다 도망치고 싶었지만 소심한 마음에 제자리에

못 박힌 듯 가만히 있을 수밖에 없었다.

"혹시 아까 다 봤어?"

바로 앞까지 다가온 구지가 역시 아무렇지 않게 한쪽 손을 들며 말을 걸었다.

"둘이 얘기하는 건 봤지만 대화 내용은 몰라요."

사실대로 말했을 뿐인데 뭔가 변명하는 기분이 들었다.

"그래? 그럼 다행이다. 근데 넌 여기서 뭐 해? 쉬는 중?"

"네, 잠깐. 그런 구지 군은……."

"방송반에 이거 전해주러 가던 중이었는데, 나도 좀 쉬어야겠다."

그렇게 말하며 구지는 옆으로 다가와 내용물을 보여줬다. 상자 안에는 전선류가 잡다하게 들어 있었다.

"근데 축제 실행 위원이면서 방송반도 도와주는 거예요?"

"아, 전에도 말했지만, 축제 실행 위원에서 하는 일이 없으니까. 그냥 여기저기 불려 다니면서 조수 노릇이나 하는 거지."

"역시 다른 반에서도 인기가 많네요."

"칭찬해 봤자 나오는 거 없다. 근데 목마르지 않냐? 마르지? 내가 좋아하는 음료 마셔볼래?"

말이 끝나기가 무섭게 구지는 바로 앞 자판기로 달려가더니 뭔가를 사서 돌아왔다. 그가 내민 건 캔 음료였다.

녹색 폰트로 커다랗게 '상쾌한 매실과 차조기 맛의 조합! 구연산으로 피로를 한 방에!'라는 문구가 쓰여 있고 그 옆에는 정체를 알 수 없는 동그란 녹색 캐릭터가 엄지손가락을 치켜들고 있었다.

"신맛을 좋아하나 봐요……?"

"아니, 당분이 많이 안 든 것 중에서 그나마 이게 가장 달거든."

"네?"

"우리 육상부가 체중 관리가 좀 엄격해. 어쨌든 이리 와봐."

거절할 새도 없이 나는 시키는 대로 가까운 벤치로 가서 그와 나란히 앉았다.

"무슨 반응이 나올지 기대된다!"

혼자 들떠 있는 구지 옆에서 조심스레 캔 뚜껑을 땄다. 김빠지는 소리가 나고 탄산 냄새가 코를 찔렀다. 얼떨결에 인상을 쓰는 나를 보며 구지가 낄낄거렸다.

"표정이 안 좋은데? 자, 마셔봐."

"음……. 우읍!"

뿜지 않은 나, 장하다. 처음에는 이 생각밖에 들지 않았다. 곧이어 뇌가 서서히 입안에 퍼지는 자극을 명확하게 인식했다. 차조기의 풍미가 코를 빠져나가는 느낌과 동시에 혀를 흠뻑 적시는 감미료의 단맛이 느껴졌다. 한마디로 최악이었다.

"매실 맛은 전혀 안 나는데요, 이거."

나는 숨까지 헐떡이며 가까스로 음료를 삼켰다. 캔 속에 아직도 같은 내용물이 반 이상 남았다는 건 생각하고 싶지도 않았다.

"알아, 매실 맛은 하나도 안 나지."

구지는 물 흐르듯 자연스러운 동작으로 캔 뚜껑을 따더니 입으로 가져가 단숨에 들이켰다.

"크윽! 오랜만에 마시지만 역시 몹쓸 맛이다, 이거!"

"바보 아니에요? 이 맛없는 걸 왜 주는 거예요?"

"평범한 주스 마시면서 평범하게 얘기하는 것보다 완전 맛없는 주스를 마시면서 같이 맛없다고 욕하는 게 더 재밌잖아."

내가 무심결에 내뱉은 바보라는 소리에도 아랑곳하지 않고 구지는 활짝 웃으며 대답했다.

"물어보나 마나 러시안 다코야키 기획자는 구지 군이겠네요."

"맞아. 용케도 알아냈네."

"네, 뭐."

여러모로 이해가 갔다. 구지의 두 번째 인상은 바보라는 것. 그는 짓궂은 장난을 좋아하는 대형견이었다.

주스를 남기기도 뭐해서 나는 인상을 써가며 홀짝홀짝 마셨다. 그에 반해 구지는 단숨에 주스를 들이켠 뒤 빈 캔을 만지작거리며 우리 두 사람의 공통 화제를 꺼냈다.

"그나저나 포스터는 어떻게 됐어? 잘 되고 있어?"

"……포스터, 어떻게 될까요?"

"어떻게 될까요, 라니. 뭐가 잘 안 돼?"

"제가 나름대로 디자인을 구상해 보기는 했는데요. 제대로 얘기해 보질 못해서."

오늘도 마호에게 말을 걸지 못했다. 전에는 내가 마호를 피해 다녔지만, 지금은 다르다. 이제는 마호가 친구들을 피했다.

교실에서는 내내 책상에 엎드려 있지 않으면 멍하니 창밖만 바라보고 있었다. 안즈와 친구들도 그런 마호를 걱정했다.

"그래서 말인데."

"네."

"저번 주말에 마호하고 만났지?"

"알고 있었어요?"

사귀는 사이니 알고 있는 것이 당연하다고 생각했지만, 구지는 "아니" 하고 고개를 저었다.

"오늘 마호 좀 이상하지 않았어?"

"맞아요. 어딘지 좀 붕 떠 있는 것 같더라고요."

"평소에도 좀 붕 떠 있기는 하지만, 대답까지 모호하게 하는 경우는 거의 없거든. 대개 사하라랑 얘기하고 났을 때 나 저렇게 굴지."

"……!"

"근데 사하라 요즘 학교 안 오잖아. 그럼 다른 사람하고 사하라 얘길 한 게 아닐까 싶어서."

구지의 시선이 나를 향했다. 장난기 하나 없는 진지한 눈빛이었다.

"사하라에 관해 무슨 얘기를 한 거야?"

대부분의 여자라면 쓰러지고도 남겠다 싶을 만큼 그의 시선은 강렬했다. 구지가 이런 눈을 하는 경우는 한 소녀를 생각할 때뿐이다. 생뚱맞게도 나는 그 상반된 모습이 로맨틱하다고 생각하며 입을 열었다.

"유키 군이 갑자기 포스터 제작을 거절한 이유가 궁금해서 마호 쨩한테 짚이는 데가 없는지 물어봤어요. 결과적으로 알아낸 건 아무것도 없지만요."

"뭐야, 그런 거였어?"

구지는 안도했다는 듯 굳은 표정을 풀더니 넌지시 물었다.

"마호가 사하라에 관해 뭐라고 말 안 했어?"

"어떤 말이요?"

나는 짐짓 아무렇지 않은 척 되물었다. 구지도 아무렇지 않은 투로 대답했다.

"중학교 시절부터 좋아했다든지."

지극히 담담한 말투라 나는 어리둥절했다.

잘못 들은 줄 알았다. 아니면 마호가 그랬던 것처럼 격렬한 감정의 소용돌이 속에서 가까스로 건져 올린 말일지도 몰랐다.

"⋯⋯왜 그런 걸 물어요?"

그렇게 말하며 나는 구지의 옆모습을 바라봤다. 그는 슬프긴커녕 되려 온화한 미소를 짓고 있었다.

"만약 그렇다면 그냥 내버려두려고."

구지는 조용하지만 분명한 어조로 말했다.

⁷

잠시 끼어든 침묵을 메우기라도 하듯 어디선가 까마귀 울음소리가 들렸다.

나뭇잎 사이로 비치는 햇살이 서서히 짙어지더니 오렌지색으로 바뀌기 시작했다.

"⋯⋯무슨 의미예요?"

나는 석양에 비친 구지의 얼굴을 가만히 응시했다.

"의미랄 것도 없어. 마호가 사하라를 좋아한다면 응원해
주고 싶다는 것뿐이야."

구지는 여전히 태연하게 대답했다.

"내가 좋아하는 사람의 사랑을 응원하겠다……, 그런 뜻
인가요?"

"뭐, 그런 셈이지."

구부정하게 앉아 있는 구지의 손에서 바스락하고 캔 찌
그러지는 소리가 났다.

구지의 속마음이 산미 섞인 공기에 실려 캔 속에서 새어
나온 듯했다.

"마호는 사하라하고 있을 때 가장 표정이 좋아. 소녀 같
은 얼굴이라고 해야 하나. 실제 소녀지만. 2학년 올라가서
처음 그 표정을 봤을 때 생각했어. 여태껏 내가 마호를 힘들
게 했구나, 하고. 축제 뒤풀이 때, 내가 마호한테 공개적으
로 프러포즈했거든. 그때 분위기에 휩쓸려 마지못해 수긍
한 거지. 아마도 진짜 속내는 감춘 채 나랑 사귀고 있는 게
아닐까 싶어."

구지는 어지럽게 엉킨 전선이 가득 차 있는 상자를 바라
보며 말했다.

"최악이지, 나? 이런 생각이나 하고. 이젠 마호를 좋아하

지 않는 걸까? 나도 잘 모르겠어."

그렇게 말하며 구지는 두 손으로 머리를 감싸 쥐었다.

이 옆모습은 분명 마호도 보지 못했을 것이다.

한숨이 절로 나왔다. 슬픔보다는 좀 더 단순한 감정이 밀려들었다.

뭐라 꼬집어 말하기 어려운 감정에 휩싸인 채, 나는 캔을 움켜쥐고 심호흡했다.

그렇게 마음을 다잡고는 캔을 입에 대고 휙 하고 기울였다.

"읍……. 으윽……."

갑작스러운 행동에 눈이 휘둥그레지는 구지를 곁눈질하며 나는 그대로 음료를 삼켰다.

"아니, 갑자기 왜 그래?"

"……후우, 신경 쓰지 마세요. 그냥 좀 화가 났을 뿐이에요."

"아니, 왜?"

나는 입가를 닦으며 캔을 내려놓고 대뜸 집게손가락으로 구지를 가리켰다.

"있잖아요, 구지 군."

"아, 응."

당혹감에 구지는 몸을 뒤로 젖혔다. 그럴수록 나는 더 그에게 가까이 다가가서 말했다.

"구지 군은 마호 짱을 좋아하는 게 아니라 사랑하는 거예요."

"……무슨 잘난 척하는 인플루언서처럼 말하네."

밑도 끝도 없는 내 말에 구지의 입꼬리가 내려갔다. 미간에 팔자 주름까지 잡혀 캐리커처로 그리기 딱 좋은 표정이었다.

"들어본 적 없어요? 꽃 이야기?"

"없어. 꽃이랑 사랑이 무슨 상관인데?"

구지는 급기야 무슨 영문인지 모르겠다는 표정을 지었다. 하지만 본론은 지금부터였다.

"꽃을 좋아하는 사람은 그 자리에서 꺾지만, 꽃을 사랑하는 사람은 그저 물을 준다. 석가모니가 한 말이에요."

"아니, 전혀 못 들어봤어. 그래서 하고 싶은 말이 뭔데?"

"마호 쨩을 좋아하지 않아서 다른 사람에게 향하는 마호 쨩의 마음을 응원하는 게 아니라, 좋아하니까 응원해 주려 한다는 거죠."

"그런……, 거구나."

구지는 허공을 뚫어지게 쳐다보며 내 말을 어떻게든 이해해 보려 했다. 역시나 이런 순수함이 그의 장점이다. 유키였다면 "그런가?" 같은 말이나 하면서 계속 고개만 갸우뚱거리다가 다음 날까지도 괴로워할 게 뻔하다.

"그런 마음 씀씀이는 정말 좋아요. 하지만 그보다 따로 해야 할 일이 있어요."

"해야 할 일?"

구지가 고개를 갸웃하자 나는 앞으로 향했던 집게손가락을 세우며 말했다.

"방금 한 말을 마호 짱한테도 솔직하게 털어놓는 거예요."

"……안 돼 그건."

구지는 곧바로 정색했다.

그래도 난 포기하지 않았다.

"할 수 있느냐 없느냐의 문제가 아니에요. 아무리 애틋한 연인 사이라도 말하지 않으면 전달되지 않는 게 있어요. 가족 간에도 서로 모르는 게 얼마나 많은데요."

나는 구지가 고개를 끄덕일 때까지 몇 번이고 설득할 생각이었다.

"마호 짱한테는 아직 아무 말 안 했죠? 그러면—"

그때 돌아온 한마디.

"말했어."

"……네?"

갑자기 꽃밭에 녹슨 창이 꽂힌 기분이었다. 창에 퍼진 녹이 순식간에 토양으로 침식해 꽃이 시드는 이미지가 떠올라서, 나는 구지의 말을 제대로 알아듣지 못했다. 그러자 그가 내게 재차 일격을 가했다.

"이미 말했다고. 아까 다 봤냐고 물었던 게 그거야."

생각났다. 조금 전 체육관 1층에서 뛰어가던 마호의 뒷모습이. 그 등이.

건물 안으로 사라지는 마호의 옆모습에서 어렴풋이 무언가 반짝이는 걸 본 듯도 했다.

"방금 사하라한테 연락이 왔는데 지금은 자기 자신을 생각할 여유가 없다고 했대. 뭔가 집에 큰일이 생겼나 봐……. 무슨 일인지는 잘 모르겠지만."

구지는 고민스러운 표정으로 머리를 감싸 쥐었다.

"유키 군한테 연락……."

그때 호주머니에서 짧은 진동이 느껴졌다.

그 순간 등골이 오싹했다.

"……어째서 지금."

이건 나쁜 꿈일까. 아니면 고약한 일에라도 휘말린 걸까?

불안한 손길로 휴대전화를 집어 들어 채팅 앱을 열었다.

생존 확인차 매일 문자를 보내도 확인조차 하지 않던 유키에게서 온 메시지였다.

사하라 유키 계속 답장 안 해서 미안.

내가 메시지를 확인하자 그는 기다렸다는 듯이 다음 메

시지를 보냈다.

사하라 유키 엄마가, 돌아왔어.

정신을 차려보니 이미 통화 버튼을 누르고 있었다.

꿈이라면 깨어나길 빌었다. 머릿속에서 이건 신호음이 아니라 내 알람 소리가 아닐까, 같은 회피성 사고만 범람했다.

이윽고 신호음이 끊기더니 어렴풋이 잡음으로 바뀌었다. 통화가 연결된 것이다.

"유키 군!? 내 말 들려요!?"

나는 거의 고함을 지르다시피 했다. 절박함마저 느껴지는 목소리였다.

"들려."

유키의 대답은 평온했다.

"……아."

귓가에 울리는 그의 목소리를 들으니 이런 상황에서도 심장이 떨려왔다. 나는 마른침을 삼켰다.

"지금까지 뭐 하고 있었던 거예요? 학원에 처박혀 있었어요?"

"학원은 체험 수업만 들으러 간 거야. 아직 등록도 안 했어."

쓴웃음 섞인 유키의 한숨 소리가 휴대전화를 타고 내 귓전을 간질였다.

목소리만 들었을 때는 전과 다름없는 느낌이었다.

"그럼, 뭐 하고 있었던 거예요? 맨날 하는 땡땡이예요?"

"엄마 도와주고 있어. 방금 문자 했잖아."

유키가 먼저 털어놓을 줄은 몰랐기에 나는 말문이 막혔다.

"……그 일 말인데요."

최소한 목소리는 떨지 않으려고 무진 애를 썼다.

"저, 마호 쨩한테 중학교 시절 유키 군 얘기 들었어요."

"아, 신도가 말하더라. 너희 꽤 친해졌다며? 그래서?"

"그래서……, 만약에 오해한 거면 미안한데요."

"응."

"유키 군이 그림을 그만둔 게 어머니 때문인가요?"

유키의 부모님이 유키가 그림 그리는 걸 반대했다.

마호가 들려준 유키의 중학생 시절 이야기 그리고 그 후에 일어난 몇 가지 변화, 현재 상황을 종합해 내린 가정이었다.

부정해 주길 바랐다. 그냥 별일 아니라고, 엉뚱한 오해가 쌓인 것뿐이라고. 하지만 유키는 담담하게 인정했다.

"뭐, 엄마 때문이라면 엄마 때문이지. 눈치챘겠지만 입시 준비하느라 붓을 놓은 건 사실이니까."

나는 무심코 입술을 깨물었다. 〈유유히〉 속 드넓고도 헤아릴 수 없을 만큼 깊은 바닷속 풍경이 뇌리를 스쳤다.

그런 작품을 그리는 사람이 붓을 놓아버렸다.

심지어 다시 붓을 들려고 했는데.

"포스터 작업을 거절한 것도 어머니 때문인가요?"

늦었지만 오해이길 빌며 건넨 내 물음에 "그럴지도"라는 대답이 돌아왔다.

"엄마가 사과했어."

"……사과요?"

내 목소리에 의아함이 묻어났는지, 유키는 남 얘기하듯 평온하게 말을 이었다.

"지금까지 미안했다고 사과하면서 다시 한번 가족으로 지낼 기회를 달래. 난 그 사과를 받아들였고. 다만 엄마가 아직 온전하지 않으니까 가족인 내가 돌보는 거야. 그러니 포스터 작업을 거절한 게 엄마 때문이기도 하지."

유키의 설명에도 나는 완전히 이해할 수 없었다.

궁금한 건 한 가지뿐이었다.

"그럼, 돌아오면 포스터를 그려줄 수 있나요?"

"아니, 못 그려. 안 그래도 그 말 하려고."

"……왜요?"

유키가 그림을 그리는 것을 원치 않는 사람은 없다. 그런데 어째서일까?

"그림 때문에 그렇게 큰 불화가 생겼으니까. 또 같은 불화가 반복될 가능성을 없앨 수만 있다면 완전히 붓을 놓는 것도 괜찮지 싶어. 그리고 이건 좀 더 근본적인 얘기인데……."

나와 달리 유키는 뭔가를 소중히 감싸듯 다정한 음성으로 대답했다.

"백지 인간은 그릴 수 없어."

예전에도 어디선가 똑같은 말을 한 적이 있었다.

나는 어지러운 머릿속에서 가까스로 옛 기억을 떠올렸다.

내가 교실로 복귀한 첫날. 유키와 학생 지도실에서 포스터 얘기를 나눴을 때였다.

"백지 인간이라는 말, 전에도 했었죠? 무슨 뜻이에요?"

휴대전화 너머로 풋, 하고 웃는 소리가 어렴풋이 들렸다.

"기억하고 있구나. 그럼 전에도 말했을 거야. 별 뜻 없으니 신경 쓰지 말라고."

"그러면 이런 얘기를 하는 것도 의미 없겠네요."

"그럼, 너한테는 의미가 있다는 거야?"

진전 없이 제자리만 맴도는 대화에 나는 입술을 깨물었다. 분명 뭔가 있는데 도무지 잡히지 않는 느낌.

답답해 미칠 것 같았다.

"왜 그렇게 체념하듯 말해요? 제가 그림을 그리도록 어떻게든 도와주겠다는 건 다 거짓말이었어요?"

"……미안."

이게 아니었다.

듣고 싶은 말은 이런 게 아니었다.

"저는……, 유키 군이 곁에 있어 줄 거라고 믿었기 때문에 그 방을 나왔던 거예요."

그저 한 번만 더 약속해 주면 되는데.

"유키 군의 그림이 보고 싶어서……! 유키 군이 보고 싶어서 눈을 뜬 거라고요."

나는 어찌할 바를 모른 채, 애원하듯 말했다.

이윽고 유키의 목소리가 들렸다.

희미해서 잘 들리지 않았지만, 분명히 들었다.

"그렇다면 네 눈으로 찾아줘."

"기다리고 있을 테니까"라는 말을 끝으로 통화는 끊어졌다.

나는 망연자실 통화 종료 화면을 쳐다봤지만, 다시 전화가 걸려 오는 일은 없었다.

"사하라가 뭐라는데?"

옆에서 잠자코 지켜보던 구지가 물었으나 나는 아무 말 없이 고개만 가로저었다. 적어도 지금은 대답할 수도, 들을 수도 없었다.

조금 전 유키의 목소리만 머릿속을 맴돌았다.

'아니, 못 그려.'

'미안.'

그 거부가 날 향한 것이 아님을 알면서도 마치 내게 하는 말처럼 느껴졌다. 고작 그 몇 마디에 불안감이 사방에서 걷잡을 수 없이 밀려들었다. 나는 얼떨결에 두 눈을 꼭 감았다. 하지만 불쾌한 기분이 사그라들기는커녕, 더 빠른 속도로 밀려와 내 몸을 좀먹기 시작했다.

급기야 나는 허리를 숙였다. 호흡이 가빠왔다. 입속이 메마르고 심장이 요동쳤다. 주변 소리가 점점 멀어지는가 싶더니 구지의 목소리가 아득해졌다. 정신이 점차 혼미해져 갈 때쯤, 별안간 몸이 붕 떠오르는 느낌이 들었다. 희미하게 무언가 타는 듯한 냄새가 났지만, 정체를 알기도 전에 의식을 잃고 말았다.

8

붕— 하는 묵직한 기계 소리에 눈을 떴다. 두어 번 눈을 깜빡이자, 커튼레일과 공조설비 일부가 시야에 들어왔다.

곧 흰개미가 갉아 먹은 듯한 천장 무늬가 보이고, 완전히 의식을 되찾으며 나는 침대에서 벌떡 일어났다.

"아, 일어났어?"

이불을 걷는 소리가 들렸는지 기타니 선생님이 커튼을 젖히고 얼굴을 내밀었다. 뒤로는 낯익은 책상이 보였다. 내가 누워 있던 곳은 보건실 침대였다.

"기분은 좀 어때?"

기타니 선생님은 평소의 장난기 어린 미소를 감추고 진지한 표정으로 날 내려다봤다.

"괜, 찮아요."

"그래? 그럼 놀라지 말고 들어. 미스미, 네가 자는 동안 엄청난 일이 벌어졌어."

"네?"

얼어붙은 내게 기타니 선생님이 진지한 목소리로 말했다.

"그게, 담배가 다 떨어졌어."

"……."

이젠 일일이 대꾸하고 싶지도 않았다. 슬픈 얼굴로 전자담배를 흔드는 선생님을 외면한 채 시계를 쳐다봤다. 그러자 금세 내 의중을 눈치채고 말했다.

"잠든 건 기껏해야 30분이야. 백설공주처럼 세상모르고 잠들었던 게 아니니 안심하라고."

"저는 누가 옮겨준 거예요?"

"나다, 나. 큰 소리가 나길래 황급히 창밖을 내다봤더니 네가 저쪽 벤치에 쓰러져 있더라고. 그래서 얼른 구지하고 옮겨왔지."

그렇게 말하며 선생님은 엄지손가락으로 뒤쪽 창문을 가리켰다. 레이스 커튼 너머로 체육관 앞 공터와 방금까지 구지와 앉아 있던 벤치가 보였다. 정신을 잃기 직전에 맡았던 타는 냄새의 정체는 전자 담배였던 것이다.

"그건……, 감사해요."

"아니야, 감사하긴. 나보다 구지한테 연락해 봐. 다 자기 탓이라며 진짜 미안하다는 얼굴을 하고는 위원회로 돌아갔거든."

"아니, 그게 왜 구지 군 탓이에요?"

뭔가 단단히 오해한 듯한 구지의 발언에 내가 고개를 갸웃하자 기타니 선생님도 똑같은 각도로 고개를 기울였다.

"무슨 지독한 주스를 먹었다며? 아무래도 그걸 급하게 먹은 게 잘못된 것 같다면서 기가 팍 죽었더라."

나는 어이가 없어서 허공만 쳐다봤다. 나중에 오해를 풀어줘야 할 텐데.

"그 주스는 상관없어요. 지독한 건 맞지만."

"뭐야? 무슨 일이 있긴 했네."

"그게—"

☆ ☆ ☆

　자초지종을 들은 기타니 선생님은 턱을 만지작거리며 진지한 표정으로 말했다.

　"지금까지는 유키가 곁에 있어서 버틴 것뿐이지 네 심리 상태가 완전히 회복된 건 아니라는 소리네."

　선생님이 큰일이라며 중얼거리자, 나는 발끈해서 반박했다.

　"딱히 심각한 건 아니에요. 설령 선생님 말씀이 맞는다고 해도 유키 군만 있으면 아무 문제 없다고요."

　"없으니까 문제라는 거 아니야? 계속 함께 있을 수는 없잖아."

　"유키 군은 늘 함께 있어 주겠다고 약속했어요. 그런데 하필 이럴 때 어머니가 돌아오다니, 타이밍이 너무 안 좋아요."

　평소 같으면 유키의 어머니가 돌아왔다고 해서 문제 될 것은 없었다.

　다만 한 장의 포스터를 유키에게 부탁하려고 지난 몇 년 동안 애정을 쏟은 소녀가 있다는 것, 그리고 그 소녀의 애정에 휘둘리는 소년이 있다는 것이 복병이었다. 나 또한 예외는 아니었다. 사하라 유키라는 한 소년에게 계속 휘둘리고 있었다.

이제 더 이상 유키만의 문제가 아니었다. 그런데 다름 아닌 유키의 개인사가 모든 문제의 발단이 되고 있었다. 하나마나 한 소리지만 '왜 하필 이 타이밍에?'라는 푸념이 나오기도 했다.

그때 기타니 선생님이 내 푸념을 부정하듯 말했다.

"아, 그건. 타이밍이 안 좋았던 게 아니야. 유키 어머님은 내가 부른 거야. 아드님하고 좀 만나보시면 안 되겠냐고."

"……네?"

순간 나는 내 귀를 의심했다.

"아니, 왜? 그리고 애초에 연락처는……."

얼어붙은 날 보자 선생님의 표정이 한층 밝아졌다.

"학교에서 관리하는 개인 정보에 보호자 연락처 있잖아? 그걸 보고 연락했지. 유키의 가정사는 알고 있었으니까 기재된 연락처가 부모님 중 어느 쪽인지는 알아볼 필요도 없었어."

"……직권남용 아니에요, 그거?"

"모르는 사람이 보면 그렇겠지. 난 그냥 쓸 수 있는 방법을 동원한 것뿐이지만."

"들키면 전국적으로 욕먹을 일이긴 하지"라며 그는 어깨를 으쓱해 보였다.

"어째서요? 아니, 그거 때문에 유키 군이……."

나는 머릿속이 멍해져서 그저 아이처럼 버벅대며 물었다. 기타니 선생님은 맞은편 침대에 걸터앉아 허공을 바라봤다.

"도쿄대 지망생 중에는 초등학생 때부터 대입에 맞춰 입시 교육을 받는 애들이 있어."

"네? 갑자기 무슨 소릴—"

"그런 애들은 초등학교 저학년 때부터 학원에 들어가. 학교 마치면 반 친구하고 놀지도 못해. 집에서도 게임이나 만화는 금지고 인터넷조차 마음대로 할 수 없어. 그런 환경에서 매일 공부만 하는 거야. 중학교 1학년 때부터 고등학교 입시를 준비하고, 전국 최상위권의 고등학교에 진학하면 다시 고등학교 1학년 때부터 대입 준비에 돌입해. 그렇게 일본 최고의 대학에 들어가려고 10년 가까운 시간을 바치지. 오직 대입 하나를 위해서."

기타니 선생님은 익살맞게 양손을 펼치며 웃어 보였다.

"이상하지 않아? 실제로 이상한 일이야. 나중에 그 학생 주변을 살펴보면 부모가 대입에 실패했다는 식의 사연이 나오지."

"그게 유키 군 어머니라는 건가요?"

"아니. 유키 어머님은 정석대로 엘리트 코스를 밟은 전형적인 부유층 자녀였어."

"그럼, 누구 얘긴데요?"

"내 친구."

"……하."

또 장난인가 싶었지만 선생님 얘기는 거기서 끝이 아니었다.

"정말 지독한 공붓벌레에다 늘 부루퉁한 얼굴을 하고 다녔지. 그래도 얘기해 보면 의외로 재밌는 녀석이었어."

기타니 선생님은 옛 생각에 잠긴 듯 두 눈을 가늘게 떴다.

"물고기를 좋아한대서 한번은 억지로 낚시터에 데려간 적이 있어. 머리가 좋은 녀석이라 금방 요령을 익히더니 정작 가르쳐 준 나보다 많이 잡더라고. 정말 좋았었는지 대학 가면 또 하자고 하더라. 그때 처음으로 그 녀석 웃는 얼굴을 봤지."

"어째 듣고 있자니 그 약속은 이뤄지지 않았을 것 같네요."

얘기가 끝날 기미를 보이지 않아 결론을 재촉하자 선생님은 "응" 하고 고개를 끄덕였다.

"고3 때 자살 기도를 한 끝에 중퇴했어. 지금은 어디서 뭘 하는지도 몰라."

그렇게 말하며 전자 담배를 꺼냈지만, 이내 내용물이 다 떨어졌다는 걸 상기하고는 한숨을 내쉬며 도로 집어넣었다.

"그 사달이 날 때까지 나는 전혀 모르고 있었어. 난 녀석이 안고 있는 고민은 외면한 채 그저 기분 전환만 시켜주려 한 얼간이였던 거야. 그 얼간이는 뒤늦게 후회하며 속죄한답시고 생뚱맞게 학교 상담교사가 됐고, 그 녀석과 똑같은 눈빛을 지닌 소년을 만나게 되지."

절절한 사연에 나는 말문이 막혔다.

게다가 선생님 얘기가 드디어 끝났다는 것도 한 박자 늦게 깨달았다.

"난 이 일이 내 삶의 목적이라고 생각하며 교직의 본분을 넘어서면서까지 고군분투했어. 어떻게 하면 이 녀석 눈동자에 빛을 밝힐 수 있을까, 그것만 생각했지. 하지만 뭘 해도 소용이 없어서 반쯤 포기하고 있었는데, 그때 네가 나타난 거야."

그렇게 말하며 기타니 선생님은 날 가리키더니 의미심장한 미소를 지었다.

"솔직히 말하면, 난 네가 유키를 만나봤자 바뀔 건 아무것도 없다고 속으로 비웃었어. 이유는 단순해. 너로는 그 녀석 마음을 움직일 수 없을 거라고 생각했으니까."

듣고 보니 이해가 갔다. 방금 그 미소는 나를 향한 것이기도 했지만 동시에 선생님 자신을 향한 비웃음이기도 했다.

"……저도 유키 군과 재회한 사람이 제가 아니었으면 좋았을 거 같아요."

그 생각은 지금도 변함없었다.

하지만 그만큼 만나서 좋았다는 생각도 들었다.

"그래도 결과적으로는 완전 정답이었어. 비슷한 애들끼리 그저 좋은 영향을 주고받길 바랐을 뿐인데 예상보다 결과가 좋았지. 미스미는 눈을 뜨고 외부 세계를 보게 됐고, 유키는 그 일을 계기로 나한테 자기도 그림을 그리고 싶다고 했으니까."

"……그래서 어머님을 불렀다고요?"

"그래. 지금이라면 대화를 해볼 수 있을 것 같아서."

태연하게 대답하는 선생님이 이번만큼은 정말 못마땅했다.

끝내 나는 가슴속에서 치밀어 오르는 대로 말을 내뱉었다.

"그건 쓸데없는 간섭이에요! 어머니 때문에 유키 군이 그림을 못 그리게 되면 어쩌려고요?"

이제야 깨달았다. 유키가 그토록 나에게 그림을 그리게 하려 했던 건 일종의 대체 행동이었다. 실은 너무 그리고 싶은데 그릴 수 없으니 대신 날 도와줬던 것이다.

'나 대신에 이 멋진 세상을 제대로 화폭에 담아서 증명해 줘.'

지난날의 목소리가 머릿속에 울려 퍼졌다.

그건 1년 전 나눈 약속이었다. 유키의 바람도 마찬가지였다. 그저 아직 약속을 지키지 못한 날 보며 곁에서 다시 한번 붓을 쥐려 한 것이다. 그런데 하필 이렇게 되다니.

"그렇게 노려보지 마. 어머님과의 재회는 유키 본인이 원했던 거니까."

"유키 군⋯⋯, 이요?"

불쑥 날아든 선생님의 반박에 가슴속 불꽃이 일순간 잦아들었다.

설마, 라는 가정조차 해본 적 없는 일이었다.

"예전에 녀석한테 어머니를 만날 수 있다면 만나보겠냐고 물은 적이 있어. 유키는 만날 수 있다면 만나고 싶다고 말하면서도 자기한테는 그럴 자격이 없다는 거야. 그럼, 누군가 자리를 마련해 줘야 하잖아?"

기타니 선생님의 눈동자에는 흔들리지 않는 빛이 어려 있었다. 그 눈빛에 뭔지 모를 기시감이 느껴졌다. 곰곰이 생각해 보니 과거 날 바라보던 유키의 눈빛이 떠올랐다. 순간 말문이 막혔다.

"우선 대화를 해보고 그런 다음에 자신과 부모를 갈라놓은 그림을 그만두고서라도 평범한 가족의 일원이 되겠다고 결정했다면 난 그것도 나름 괜찮다고 생각해."

불현듯 쓰러지기 전 구지에게 했던 말이 떠올랐다.

'꽃을 좋아하는 사람은 그 자리에서 꺾지만, 꽃을 사랑하는 사람은 그저 물을 준다. 석가모니가 한 말이에요.'

구지는 꽃을 손에 쥐고 있으면서도 그 꽃을 다시 땅에 심고 물을 주려 했다.

그에 반해서 나는 떠나려는 꽃에 꼴사납게 매달려서는 곁에 붙잡아 두려 했다. 나야말로 그럴 자격이 없는데 말이다.

스스로 한심하다는 생각에 코끝이 찡해졌다. 이내 시야가 일그러지며 따뜻한 것이 볼을 타고 흘러내렸다.

눈물을 훔치려고 눈을 감으면 두 번 다시 뜰 수 없을 것만 같았다.

하지만 어떻게 눈물을 멈춰야 할지도 알 수 없었다.

봇물 터지듯 눈물을 흘리는 날 보며 기타니 선생님은 마지못해 쓴웃음을 지었다.

"그렇게 울지 마. 우린 유키 얘길 하는 거잖아. 네 생각까지 참견할 생각은 없어. 그럴 권리도 없고."

선생님은 손수건을 꺼내 내 볼을 닦아주며 자상하게 타일렀다.

"전에도 말했잖아. 중요한 건 '네 마음'이야."

"제 마음……."

나는 코를 훌쩍이며 떨리는 가슴을 억누른 채 자문했다.

그러자 누군가가 인도하듯, 내 마음은 처음부터 정해져 있었다는 듯 어떤 목소리가 머릿속에 울렸다.

'그렇다면 네 눈으로 찾아줘.'

유키는 기다리겠다고 말했다.

그 말이 진심이라면 어떻게 찾아야 할까.

⟨ 9 ⟩

집에 가서 씻고 천천히 생각해 보라는 기타니 선생님의 말에 나는 학교를 나섰다. 하지만 곧장 집으로 가기는 뭐해서 조금 걷기로 했다.

군데군데 내 기억과는 다른 주택가를 계속 걸었다. 유키가 데려다준 공원과 확성기로 단조로운 음성을 꾸준히 내보내는 두부 파는 차량을 지나 언덕길을 내려갔다.

산책로 초입에 들어서자 개울가의 시원한 물소리와 나뭇잎 스치는 소리가 들려왔다. 이 자연의 소리 덕에 거리의 소란스러움이 단번에 잦아들었다. 위를 올려다보니 나뭇잎 사이로 하늘이 비쳤다. 그리운 마음에 절로 휴, 하고 한숨이 나왔다.

이사 가기 전, 힘든 일이 생길 때면 이 산책로를 걷고는 했다. 무심하게 걷다 보면 나쁜 생각이 잦아들었고, 산책로를 빠져나올 때쯤이면 어느덧 불쾌한 기분도 사라지곤 했다.

그 루틴을 떠올리며 나는 산책로를 걸었다.

그런데 뭔가 느낌이 달랐다. 머릿속이 계속 어질어질했다.

이 낯선 기분이 내심 찜찜하면서도 명확한 이유를 찾을 정신적 여유가 없어 그저 묵묵히 걷기만 했다. 산책로가 어두워지자 내 생각도 절로 어두워졌다.

왜? 라는 의문이 마음속을 휘저었다. 대체 무엇이 의문인지조차 알 수 없었다. 지금 내가 뭘 하고 있는 걸까. 모르겠다.

마치 진리를 찾아 천 리 길을 헤매는 구도자가 된 기분이었다.

무엇 때문에 괴로운 걸까. 왜 괴로워야 하나.

도망쳐도 된다고, 어디선가 무미건조한 목소리가 속삭였다. 과거 자신의 목소리가 귓가에 맴돌았다. 우울하기 그지없었지만 어째선지 무섭지는 않았다.

갑작스레 주변 소음이 한꺼번에 밀려들어 나는 고개를 들었다.

어느덧 산책로 끝에 다다라 있었다. 길 하나만 건너면 역으로 이어지는 대로변이 나오는데 마침 바로 앞 교차로에서 자동차 두 대가 정지한 채 신호를 기다리는 모습이 보였다.

내 기분은 산책로를 걷기 전과 전혀 달라지지 않았다. 오히려 더 나빠진 것도 같았다. 이 이상 뭘 어떻게 해야 할지 감도 오지 않았다. 하지만 세상은 우두커니 서 있는 나를 기다려 줄 생각이 없다는 듯 신호가 이내 파란색으로 바뀌었다. 하는 수 없이 일단 집으로 돌아가기로 마음먹었다. 막 걸음을 내딛으려는 찰나, 대각선 방향에 자리한 가게 하나가 눈에 들어왔다.

진녹색 간판에 흰 글씨로 'Crane'이라고 적혀 있었다.

손잡이를 당기자 딸랑딸랑하고 가벼운 종소리가 울렸다.

조심스럽게 안으로 들어가니 카운터 안쪽에서 새하얀 사기그릇을 손질하고 있는 사람이 보였다. 역시나 유키한테 들은 외모 그대로였다. 그도 인기척을 느꼈는지 고개를 들었다.

"아이고, 아가씨. 오랜만이네."

그는 조금 놀란 듯 눈을 크게 떴다가 이내 씩 하고 웃었다.

"안녕하세요……, 아저씨."

내가 꾸벅하고 고개를 숙이자 카운터에 있던 쓰루마루 씨가 정면에 보이는 자리를 권했다. 나는 시키는 대로 그 자리에 앉았다.

"오늘은 혼자 왔나?"

"아, 네."

"그래. 그럼 잠깐만."

쓰루마루 씨는 밖으로 나가더니 입간판을 뒤로 돌려놓고는 문 앞 커튼을 쳤다.

"아, 문 닫을 시간인가요?"

혹시 마감 직전이었나 싶어 나는 얼떨결에 자리에서 일어났다.

"모처럼 찾아온 아가씨와의 시간을 다른 사람한테 방해받을 순 없지."

그렇게 말하며 그는 한쪽 눈을 찡긋했다. 그 모습이 하도 자연스러워 왕년에는 인기가 많았겠다는 생각을 했다.

"다시 찾아준 기념으로 내가 커피 한 잔 대접하지. 좋아하는 원두 있어?"

쓰루마루 씨는 카운터로 돌아가 익숙한 손놀림으로 커피 내릴 준비를 시작했다.

"실은……, 커피를 마셔본 적이 없어요."

"어이쿠, 그건 안 되지. 빨리 내려줘야겠네."

그가 사뭇 진지한 표정으로 커피를 내리기 시작했다. 머뭇대지 않으면서도 여유가 넘치는 그의 동작에는 우아함마저 느껴졌다.

금세 눈앞에 커피 한 잔이 놓였다.

"이럴 땐 그냥 가장 좋은 원두로 마시는 거야. 자, 블루마운틴. 맛있게 마셔주면 좋겠네."

나는 쓰루마루 씨가 권하는 대로 커피를 입으로 가져와 한 모금 마셨다.

처음 경험하는 맛이라 형용할 단어가 마땅히 떠오르지 않았지만 딱 하나 확실한 건 있었다.

"······쓰네요."

내 말에 쓰루마루 씨가 심오한 미소를 지었다.

"그럴 거야. 하지만 잘 음미해 봐. 쓴맛 말고 다른 맛도 느낄 수 있을걸."

그 미소에 이끌리듯 나는 한 모금 더 마셨다. 역시 썼다. 하지만 곧바로 삼키지 않고 맛에 집중하자 분명 뭔가 다른 맛이 느껴졌다.

"정말이네요. 약간의 단맛도 느껴지고 산미도 있어요."

"그렇지? 기본적으로 쓰지만 그게 다는 아냐. 인생하고 같아. 괜찮으면 이 머핀도 같이 먹어봐. 커피하고 잘 어울리니까."

함께 내준 플레인 머핀은 소박한 맛이었지만 입안에서 살살 녹았다. 입안이 달콤해지면 커피를 마셨다. 쌉쌀한 맛이 단맛과 어우러지며 머리와 마음에 낀 안개를 한꺼번에 걷어주는 것 같았다.

"참, 아가씨 이름이 뭐였더라?"

시음이 일단락되자 쓰루마루 씨가 물었다.

"미스미예요."

"아, 맞다. 미스미라고 했었지. 분위기가 많이 달라져서 까먹었어."

"분위기가 달라졌……, 나요? 하긴, 그럴지도 몰라요. 그 때는 정말 되는대로 살았으니까요."

옛 기억이 떠오르자 새삼 창피함이 밀려왔다. 외모에 신경 쓸 여유가 없었다고는 해도 유키와 방문했을 때는 특히나 상태가 심각했다.

"지금은 어때?"

"많이 좋아졌어요."

"그렇군, 그거 잘됐네."

이내 쓰루마루 씨는 조금 떨어진 카운터에서 도구를 정리하기 시작했다.

가게에 흐르는 온화한 분위기 덕에 내 기분도 편안해졌다.

그렇게 마음이 진정되자 생각할 여유가 생겼다.

"아저씨, 궁금한 게 있는데 여쭤봐도 될까요?"

"그럼. 뭔데?"

"좋아하는 꽃 있으세요?"

"좋아하는 꽃? 사하라도 같은 걸 묻던데. 있지. 달리아라고. 겹겹이 핀 꽃잎이 참 예쁜 꽃이거든."

"그럼, 눈앞에 정말 예쁜 달리아가 피어 있다면 아저씨는 가져가실 건가요 아니면 돌봐주실 건가요?"

내 질문에 여유롭던 쓰루마루 씨도 당황한 기색을 내비쳤다.

"아름답다는 건 어느 정도를 말하는 거지? 지금까지 본 적이 없을 만큼?"

"네, 산책하다가 살면서 제일 예쁜, 이보다 더 예쁜 꽃은 앞으로 만날 수 없겠다는 확신이 들 만큼 아름답게 만발한 달리아를 만난 거죠. 그럼 가져가실 건가요? 아니면 오래 피어 있도록 물을 주실 건가요?"

"……흠."

쓰루마루 씨는 팔짱을 끼더니 생각에 잠겼다.

나는 잠자코 그의 대답을 기다렸다. 마치 심판을 기다리는 죄인이 된 기분이었다.

대답을 기다리며 생각했다.

어느 쪽이 나은 걸까. 어쩌면 이렇게 타인에게 답을 구한다는 것 자체가 구제할 길 없는 천치로 전락했다는 뜻인지 모른다. 어쨌든 지금은 그의 대답을 기다릴 수밖에 없었다.

쓰루마루 씨는 자신의 답변에 따라 앞에 있는 소녀의 앞날이 천국과 지옥으로 갈린다는 사실은 꿈에도 모른 채 끙

끙거리다 짧게 대답했다.

"그리지 않을까?"

"그린다고요……?"
커피를 마셔 맑아졌던 머리와 가슴에 벼락이 치는 순간
이었다.

"모처럼 그릴 대상이 생겼으니까. 앞으로 다시 보기 힘든
꽃이라면 그려서 남겨야지. 본래 그림이라는 게 그런 거잖아."
멍한 내 표정을 보며 쓰루마루 씨는 미소를 지어 보였다.

"근데 그건 왜 묻지? 아무래도 무슨 뜻이 있는 것 같은데."
그의 질문에 나는 담아두었던 얘기를 꺼냈다.

"실은……, 지금 유키 군이 그림을 그만둔 상태예요."

"아니! 뭐라고!?"

"다시 그릴 수 있을 뻔했어요. 그런데 하필 이런 때 그림
을 반대했던 어머니가 돌아온 거예요. 어쩌면 유키 군은 어
머니와 화해하고 평범한 가족으로 지내기 위해서 그림을
영영 포기할지도 몰라요. 저는 유키 군이 다시 그림을 그렸
으면 좋겠는데 그건 꽃을 억지로 집에 가져가려는 것과 다
를 바 없는 게 아닌가 싶어서……."

목소리가 떨려 더 이상 말이 나오지 않았다.

고개를 숙인 채 몸을 떠는 내 어깨에 쓰루마루 씨가 살포시 손을 올려놓으며 말했다.

"걱정하지 마. 네 바람은 억지로 꽃을 집에 가져가는 행위가 아니야. 유키가 완전히 그림을 포기하는 일은 없을 테니."

"어째서 그렇게 확신하세요?"

내 질문에 쓰루마루 씨는 빙긋 웃으며 대답했다.

"유키하고 헤어지기 전 송별회에서 녀석이 그러더라고. '언젠가 꼭 당신보다 잘 그릴 거예요'라고. '그럼 나보다 많이 그려야겠네'라고 대꾸했더니, '당신보다 오래 살 거니까 더 많이 그릴 수 있어요'라고 받아쳤어. 자기는 술도 담배도 안 할 거니까 꼭 오래 살 거라면서."

"물건이야, 그 녀석" 하고 쓰루마루 씨는 숱 없는 자기 머리를 툭툭 건드리며 크게 웃었다.

"그리고 말이야. 내가 아는데 그 녀석은 나랑 **같은** 부류야. 화가가 직업이 아니라 삶 자체인 놈이라고."

그렇게 말하며 사람 좋은 미소를 짓는 그 모습에서 지독한 쓸쓸함마저 느껴졌다.

"유키 군이 아저씨를 존경하는 이유를 알 것 같아요."

화가의 일면을 본 것 같은 기분에 내가 웃으며 말하자 쓰루마루 씨는 풀 죽은 아이 같은 표정을 지었다.

"얘기 못 들었어? 걸핏하면 기어오르는 망할 녀석이야.

존경이고 뭐고 그런 거 없어."

"적어도 제 앞에서는 달랐어요. 피와 오줌도 분간하지 못한다면 보이는 대로 그릴 수밖에 없다던 아저씨 말을 빌려절 격려해 줬거든요."

내 말에 쓰루마루 씨의 표정이 갑자기 진지해졌다.

"그렇다면 이런 늙은이 말에 공감하게 되는 뭔가가 그 녀석한테도 있는 모양이네."

예상과 달리 웃음기 없는 반응이었지만 그의 말은 내게 무거운 울림을 주었다.

"공감하게 되는 무언가……."

중얼거리며 쓰루마루 씨를 쳐다보자 그는 어딘지 애수를 머금은 듯한 시선을 내게 던졌다.

"미안하지만 다른 얘긴데, 그렇게 길었던 머리를 자른 건달리 이유가 있어선가?"

"기르고 싶어서 기른 게 아니라 자르러 가지 못한 것뿐이에요. 원래 짧은 머리를 좋아하기도 하고, 이젠 자를 수 있게 됐으니까 그냥 싹둑 잘라버렸어요."

"그렇구나, 난 그저 머리카락이 있는 것만 해도 부러운데."

뭐라 답변하기 곤란한 반응이었다.

"그보다 머리를 이렇게 많이 잘랐는데 용케도 절 알아보셨네요."

"미스미는 머리 모양 좀 바뀌었다고 못 알아볼 만큼 흐리터분한 인상이 아니야. 이름은 까먹었지만."

"그런데 유키 군은 절 못 알아보더라고요. 좀 이상하네요, 그건……."

하지만 의아함은 이내 확신으로 바뀌었다.

"아니, 갑자기 왜 일어서고 그래? 화장실은 저쪽이야."

갑작스레 내가 일어나자 쓰루마루 씨가 눈을 동그랗게 뜨며 가게 안쪽을 가리켰다. 하지만 나는 그게 아니라는 말조차 할 수 없었다. 머릿속을 어지럽게 돌아다니는 유키와의 지난날을 정리하느라 안간힘을 써야 했다.

점차 생각의 속도가 빨라지고, 제각각이던 퍼즐 조각이 한곳으로 모이기 시작하더니, 드디어 모든 조각이 맞춰졌다.

"……그런 거였어."

나는 안절부절못하며 쓰루마루 씨를 쳐다봤다.

"아저씨."

"어? 응."

"저, 해야 할 일이 생겼어요."

그는 약간 겁먹은 듯했지만 이내 씩 하고 웃으며 말했다.

"그거 잘됐네."

"먼저 실례할게요" 하고 인사한 뒤 출입문을 열려다가 문득 할 말이 남았음을 깨달았다.

"아, 맞다!"

나는 다시 돌아가 탕, 하고 뛰어오를 기세로 카운터를 짚었다.

"저, 친구하고 축제 포스터 그려요."

"오, 오오."

놀란 듯 몸을 뒤로 젖히는 쓰루마루 씨에게 나는 선언하듯 말했다.

"멋지게 그릴 테니까 꼭 보러 와주세요."

쓰루마루 씨는 당황한 듯했지만, 이번에도 역시 웃으며 대답해 주었다.

"천지신명께 빌어서라도 꼭 가마."

만족스러운 대답을 듣고 나는 드디어 '크레인' 밖을 나섰다. 밖으로 나서기 전 뒤돌아 인사하는 것도 잊지 않았다.

"커피 잘 마셨습니다!"

✿ ✿ ✿

다음 날 아침, 나는 마호를 학생 지도실로 불렀다.

"이렇게 아침 일찍부터 할 얘기란 게 뭐야?"

마호는 먼 곳을 응시하듯 날 바라봤다. 화장기 없는 마호의 눈 밑은 여전히 어두웠다. 누가 봐도 피곤한 기색이 역력

한 모습이었다. 물론 원인은 어제 일이겠지.

"나, 위원회 모임 있어."

마호는 퉁명스러운 어조로 달갑지 않은 속내를 넌지시 내비쳤다.

"마호 짱, 저 알게 된 게 있어요."

나는 마호를 똑바로 응시하며 말했다.

"유키 군을 향한 마호 짱의 감정이 대체 뭔지."

처음으로 마호의 표정이 움찔했다.

이렇게 불쾌함을 노골적으로 드러내는 건 마호치고는 극히 드문 일이었다.

"나도 모르는 걸 네가 안다는 거야?"

"알아요."

"뭔데? 그게."

유키를 향한 마호의 감정.

그걸 한마디로 표현하자면 이렇다.

"'팬심'이에요."

"……팬심."

공기가 빠져나간 듯한 목소리였다.

"팬심이요. 마호 짱은 유키 군의 팬인 거예요."

얼어붙은 마호에게 나는 "무슨 소리냐면요"라고 말하며 한 발짝 다가섰다.

"생각해 보세요. 남자 아이돌 오타쿠 중에도 남자친구가 있거나 결혼한 사람이 많아요. 그렇다고 누가 뭐라고 하나요? 아무도 뭐라 안 하죠? 그 팬심의 대상이 아이돌에서 동갑내기 같은 반 외톨이 소년 화가로 바뀐들 무슨 문제겠어요?"

"그, 그건?"

"설명이 서툴렀나요? 그럼 예를 들어볼게요. 마호 쨩이 아이돌 오타쿠라고 쳐요. 그런데 주위에서 멋모르는 사람이 이렇게 묻는 거예요. '그 사람 어디가 그렇게 좋아?' 그러면 팬인데 당연하다고 대답하겠죠. 이번에는 한술 더 떠서 누가 '그 사람하고 사귀고 싶어?' 하고 묻는다 쳐요. 물론 사귀고 싶다는 사람도 있겠지만 다 그런 건 아니죠. 오히려 자신의 존재를 몰랐으면 하는 사람도 있잖아요. 제가 봤을 때 마호 쨩은 후자에 가까워요. 그러니까 아무 고민할 것 없어요."

"······아."

마호의 머릿속에서 불꽃이 일었다.

나는 내친김에 쐐기를 박아야겠다고 생각했다.

"어떤 사람이 그러더라고요. 팬이라면 누구나 자신의 우상이 늘 건강하길 바랄 거라고, 열에 열한 명은 그럴 거라고요."

"왜 한 명이 더 늘어났어?"

"마호 짱이 포함되잖아요."

"……아하하."

마지못해 웃는 소리였다.

하지만 나는 아랑곳하지 않고 마호의 두 손을 잡으며 물었다.

"마호 짱은 자신의 우상이 건강하게 잘 지내길 바라죠?"

"아……."

"그렇죠!?"

"으, 응!"

"내 우상이 기운을 차린다면 그보다 더 기쁜 일은 없을 거예요. 그렇죠!?"

"없, 없을 것 같아!"

"……."

"없어!"

막판에는 거의 울먹이다시피 했다. 그 모습이 귀여웠다.

"마호 짱은 그렇게 말할 줄 알았어요."

나는 더할 나위 없이 환하게 웃었지만 무슨 이유에선지 마호는 잔뜩 겁을 먹고 부들부들 떨기 시작했다.

"뭐, 뭐 하려고 그래……?"

눈물이 그렁그렁 맺힌 마호의 눈을 바라보며 나는 의미심장한 표정으로 말했다.

"축제 포스터를 그릴 거예요. 지금부터."

"……으응?"

머리 위로 물음표를 몇 개나 띄운 마호의 팔을 끌고 나는 학생 지도실을 나왔다. 그렇게 화실로 꾸며놓은 우리 집을 향해 걸어가기 시작할 때쯤에야 마호는 모든 상황을 이해한 듯했다.

"저, 잠깐, 잠깐만! 그 전에 최소한 준비를 해야지!"

이른 아침부터 학교 건물에는 한 소녀의 절규가 울려 퍼졌다. 그러나 축제 준비에 여념이 없는 다른 아이들에게는 소란의 일부로 들릴 뿐, 그녀의 절규는 덧없이 사라졌다.

그 후, 나와 마호는 3일간 학교에 나오지 않았다.

❀ ❀ ❀

어딘가에서 들리는 피리 소리에 눈이 떠졌다.

"세상에 종말이 온 것 같아."

눈앞에는 화염에 휩싸인 듯 붉은 노을로 뒤덮인 하늘이 펼쳐져 있었다.

마치 지옥을 하늘로 옮겨놓은 듯한 풍경은 나팔 소리와 함께 종말에 다다르는 묵시록 속 세상처럼 비장한 분위기를 자아냈다. 그 탓인지 유키는 별 의미 없는 말을 계속 중얼거렸다.

"정말로 끝나버리면 편할 텐데."

마음에도 없는 세상의 종말이 떠올랐다. 세상이 끝나는 순간, 자신은 무엇을 할 것인가. 무엇을 하고 싶은가.

얼마 지나지 않아 답이 떠올랐다.

"……보고 싶다."

때마침 휴대전화가 울렸다. 엎어놓은 휴대전화를 손에 쥐었다.

발신자가 누구인지는 굳이 화면을 보지 않아도 알 수 있었다.

심호흡을 한 번 하고 통화 버튼을 눌렀다.

"여보세요."

"오랜만이에요. 지금 통화 괜찮아요?"

"한가하냐고 묻는 거라면 한가해."

"다행이네요. 그러면 어디서 좀 만나요. 할 말이 있어요."

"……거절하면?"

침묵이 내려앉았다. 오랜만에 맛보는 익숙한 침묵에 지난날이 떠올라 웃음이 새어 나왔다.

그리고 예전처럼 사야카가 먼저 침묵을 깼다.

"제가 가면 되니까 상관없어요. 바로 갈 테니 거기서 자기 인생이라도 돌아보며 기다려요."

그렇게 전화는 끊어졌다.

"참회라도 하라는 건가?"

"필요 없는데" 하고 투덜거리며 휴대전화를 내려놓았다.

생각이란 목소리에 휘둘리는 법. 안 그래도 요 며칠 삶에 대해 생각이 많아지기도 한 터라 유키의 의식은 눈 깜짝할 사이에 내면으로 빠져들었다.

10

엄마는 내심 딸을 원했다고 한다.

유키라는 중성적인 이름에 길게 기른 머리. 사귀는 친구는 모두 여자에다 사주는 물건은 대부분 분홍색이었다.

지나고 보니 어긋나도 한참 어긋난 양육 방식이었다. 정상과 비정상 중에 하나를 택해야 한다면 의심할 여지 없이 비정상으로 분류될 터였다. 만약 요즘 같은 때 그런 양육 방식이 세간에 알려진다면 그 집은 악성 댓글에 시달리다 재만 남을 게 뻔하다.

하지만 세 살짜리 아이가 무슨 수로 정상과 비정상을 구분했겠는가.

당시 유키에게는 대다수의 아이가 그렇듯 엄마가 세상의 전부였다. 엄마가 하라는 대로만 하면 칭찬을 들을 수 있었다. 상냥하고 예쁜 엄마가 해주는 칭찬이 좋아서, 엄마의 언동에 문제가 있다는 생각은 하지 못했다.

그래서 유키는 엄마가 시키는 대로 이것저것 배웠다. 피아노, 바이올린, 플루트, 꽃꽂이, 다도, 붓글씨, 주판, 영어 회화 등 종류도 다양했다.

하지만 뭐 하나 제대로 실력이 느는 게 없었다.

엄마는 수업이 끝나기 15분 전이면 어김없이 유키를 데리러 왔다.

그리고 끝날 때까지 유심히 수업을 관찰했다.

아직도 기억이 생생하다. 피아노를 치다 더듬거릴 때마다 등 뒤에서 들리던 엄마의 한숨 소리.

아무리 쉬는 시간을 끼워 넣는다 해도 유치원생의 집중력은 두 시간이 채 되지 않는다. 하지만 그럴수록 유키는 더 잘하려고 온 힘을 다해 건반을 치다 실수만 저지르는 악순환에 빠졌다.

마중 나온 엄마가 "고생했어"라고 말하며 엷게 쓴웃음을 지을 때마다 유키의 작은 심장은 오그라들 듯 아팠다.

잘하는 게 하나도 없는 자신이 싫었다.

엄마가 친정으로 돌아간 뒤, 그녀를 담당했던 상담사가 말하길 엄마는 자식의 재능을 믿어 의심치 않았다고 한다. 본디 자신이 무엇이든 평균 이상으로 잘했기 때문에 자기 아이도 틀림없이 그럴 거라고 믿었다는 것이다.

좋게 말해서 자식을 너무나 사랑하는 부모였다. 그러나 뭐든 도가 지나치면 독이 되는 법이다. 끝내 그녀의 맹신은 저주가 되어 유키를 계속 좀먹었다.

그러던 어느 날, 유키의 아빠가 말했다. 그림을 그려보는 건 어떻겠냐고.

그동안 유키에게 줄곧 이것저것 배워보라고 권하던 엄마는 그다지 내켜 하지 않았다.

아마도 아빠가 미술상으로 일하며 전국을 돌아다니느라 집에 거의 들어오지 않는 게 이유 같았다. 아빠가 가정을 소홀히 하게 만든 그림이 엄마에게는 달갑지 않았던 것이다. 하지만 유키는 될 대로 되라는 심정으로 동네 그림 교실에 가보기로 했다.

"유키, 같이 그리자!"

그리고 거기서 미스미 사야카를 만났다.

사야카는 천진난만하고 자유분방한 성격으로, 모두 그녀를 좋아했다. 무엇보다 늘 즐겁게 그림을 그렸다. 배움은 의무이지 즐기는 게 아니었던 유키에게 사야카의 모습은 충격, 그 자체였다.

사야카는 그림에는 정답이 없다고 했다. 그래서 어렵지만 즐거운 거라고도 했다.

하지만 달리 보면 실패도 없다는 뜻이었다. 어떤 그림을 그려도 혼나는 일은 없었다.

지금까지 배운 것과는 정반대로 정답이 없는 그림의 세계가 유키에게는 더없이 매력적으로 느껴졌다. 그렇게 그림에 홀린 유키는 자신에게 면죄부를 주듯 그림을 그리기 시작했다.

유키는 그림 교실에서 가장 실력이 뛰어난 사야카의 테크닉을 훔치려고 그녀와 자주 그림을 그렸다.

사야카는 그리면서 종종 수다를 떨었다.

"가나 짱하고 릿 군은 또 싸우네, 맨날 저래."

"얼마 전에 유 짱이 여섯 잎 클로버를 찾았어! 정말 있더라고!"

"마사 군은 내 숙제 베껴 간 주제에 틀렸다고 따지더라!? 웃기지 않냐!?"

입을 움직이면 머리와 손도 따라 움직이는지 사야카는 주변 아이들 얘기를 맥락 없이 머신 건처럼 계속 늘어놓았다.

"그래서 길을 헤매다 날이 저문 거야. 사라가 '어두워서 더는 못 걷겠어~' 하고 칭얼대길래 내가 업고 집에 갔어. 잘했지?"

사야카는 그림을 그릴 때 말고는 모험이라는 핑계로 시도 때도 없이 낯선 장소를 헤매다 돌아오곤 했다. 집돌이인 유키가 보기에는 이해하기 어려운 행동이었다.

"잘하긴 무슨. 위험하니까 그만하라고 했잖아."

"괜찮아, SS콤비는 무적이거든! 그리고 많이 봐야 좋은 그림을 그릴 수 있다고 선생님이 그랬어!"

사야카는 싫증 나지도 않는지 "다음에는 어디로 가지?" 하고 중얼거리며 붓을 놀렸다. 유키는 어깨를 으쓱하면서도 다음에는 어떤 이야기를 들려줄지 내심 기대하고는 했다. 그렇게 언제까지나 평화로운 날이 이어질 줄 알았다.

하지만 공교롭게도 난치병에 걸린 사야카가 치료를 위해 이사를 가야 했고 그해 겨울, 선생님도 지병이 안 좋아지면서 그림 교실은 문을 닫고 말았다.

다섯 살 때부터 5년, 인생의 절반을 보낸 장소가 갑자기 사라져 버린 상실감은 이루 다 헤아릴 수 없었다. 유키는 종일 창가에 누워 정원에 핀 꽃만 바라봤다.

그런 유키를 안쓰럽게 지켜보던 아빠가 지인에게 소개받은 그림 살롱 한 곳에 유키를 데려갔다.

그것이 쓰루마루 히로나가와의 첫 만남이었다.

하지만 처음에 유키는 살롱에 들어가길 꺼렸다. 그림 교실과 달리 그곳에는 자신과 띠가 두 바퀴 이상 차이 나는 어른밖에 없었기 때문이다. 아무리 말을 걸어도 유키는 부루퉁한 얼굴로 전혀 마음의 문을 열려 하지 않았다. 어른들은 무리해서 유키를 살롱에 가입시키려 하지 않고 그냥 그림이라도 그려보라며 화랑으로 안내했다. 하지만 화랑에서 쓰루마루의 그림을 본 순간, 유키는 그 자리에서 살롱 가입의사를 밝혔다.

결과적으로 유키가 지닌 화가로서의 재능은 쓰루마루의 살롱에서 꽃을 피웠다.

주최자인 쓰루마루도 50을 넘겼을 만큼, 당시 살롱 가입자의 평균 연령은 높은 편이었다. 가장 어린 사람이 30대 후반일 정도로 그곳은 중장년층으로 이루어진 정숙한 모임이었다. 거기에 열 살밖에 안 된 어리디어린 새싹이 들어왔으니 귀여움을 독차지하는 것은 당연했다. 살롱 멤버들은 다들 유키를 금이야 옥이야 위하며 자신들의 기술과 지식을 아낌없이 나눠주었다.

유키가 새로운 기법을 활용해 그림을 그릴 때마다 쓰루마루는 지적을 서슴지 않았다. 다행히도 두 사람은 성격이 잘 맞았다. 특히 쓰루마루의 노련하고 참신한 지적은 불쏘시개가 되어 유키의 반골 기질과 성취욕에 활활 불을 지폈다.

환경이 천재를 만든다면, 쓰루마루의 살롱이 유키에게는 바로 그런 곳이었다.

그렇게 유키는 살롱 회원들조차 받기 힘든 엄청난 양의 지적을 흡수하며 눈부신 속도로 성장했다. 한번은 술자리에서 쓰루마루가 벌게진 얼굴로, 유키를 곁에서 지켜보던 사람들이 하나같이 미소 띤 얼굴로 감탄을 멈추지 못했다고 말하기도 했다.

살롱에 들어간 지 3년. 유키가 중학교 2학년이 된 어느 날, 아빠가 말했다.

"유키 그림을 사겠다는 사람이 있는데, 네 생각은 어때?"

그때 유키는 처음으로 미술상이 무슨 일을 하는 사람인지 알았다.

"미술상은 직접 그림을 팔러 가거나 화가와 거래를 트고 원하는 그림을 의뢰하는 일을 한단다. 편집과 영업직 사이에 놓인 직종이라고 보면 돼."

아이 대하는 법을 잘 몰랐던 아빠의 설명은 비유도 그렇고 사용한 단어 역시 아이가 알아듣기엔 어려움이 있었다. 미술상으로는 탁월했을지 모르나 부모로서는, 아니 인간적으로는 상당히 문제가 있는 사람이었다. 엄마가 어째서 이런 사람을 좋아한 건지 의문이 들 정도였다.

"난 한 명의 화가로서 너한테 그림을 의뢰하는 거야. 부탁해도 되겠니? 유키."

하지만 지금 와서 생각해 보면 당시 유키를 대등하게 대해준 사람은 아빠뿐이었다.

그렇게 해서 사하라 유키는 일본 미술 시장에 첫발을 내딛었다.

유키는 이제야 깨달았다. 당시 자신은 아무 생각이 없었다.

생각할 필요가 없었다. 학교에서는 화가 대접을 받으며 반 친구들과 즐겁게 지내다가 집에 돌아오면 그림을 그렸다. 주말에는 쓰루마루의 살롱에 가서 그림에 관해 이런저런 애기를 들었다.

사하라 유키의 행복은 이로써 완결되었다.

하지만 자신의 그림이 상품이 되자, 행복에 금이 가기 시작했다.

마음 가는 대로 그림을 그릴 수 없었고, 유키의 그림을 사겠다는, 잘 알지도 못하는 이들을 상대해야만 했다. 까다

로운 식사 예절을 지켜가며 코스 요리를 먹고, 관심도 없는 화제에 맞장구를 쳐야 했다. 고작 식사 한 번 했을 뿐인데 집에 돌아오면 진이 빠져서 그림을 그리지 못하는 날도 있었다. 참으로 고역이었다.

그런 일상이 계속되다 보니 한번은 고열로 쓰러지기까지 했다.

유키는 그때 엄마가 화를 내는 모습을 처음 봤다. 무서웠다. 엄마의 분노는 정상이 아니었다.

결국에는 2학년 여름방학이 끝날 무렵 가진 만남을 마지막으로 더는 그런 모임에 불려 다니지 않게 되었다.

유키의 행복은 다시 완결되는 듯했다. 하지만 그 기간은 반년도 채 가지 못했다.

"유키야, 아빠랑 해외시장에 도전해 보지 않겠니?"

새해를 맞아 외가댁에 갔을 때였다.

별채로 불려 간 유키는 노지 정원의 눈 쌓인 소나무를 바라보고 있었다.

아빠는 지난여름에 만난 한 자산가가 투자 의향을 담아 500만 엔에 그림을 사준 덕에 체류비가 마련됐다고 말해주었다. 출발은 내년 여름이었다.

"이미 잘 알겠지만 넌 천재야. 너를 담기에 일본이라는

그릇은 너무 작아. 아빠랑 같이 네가 있어야 할 곳으로 가
자."

"그럴 수만 있다면 어디든 상관없기는 한데……. 그럼 다
같이 이사 가는 거야?"

"아니, 엄마는 무조건 반대할 테니까, 가게 된다면 나랑
너만 가게 될 거야."

"그럼 싫어. 엄마도 함께 가는 게 좋아."

유키의 대답에 아빠는 지그시 눈을 감더니 한숨을 쉬었다.

"……엄마한테도 얘기해 볼게."

인생에서 딱 한 번 번복할 기회가 주어진다면, 유키는 이
때로 돌아가 "알겠어"라고 대답할 것이다. 그만큼 유키는
당시의 선택을 후회했다.

늦은 밤. 큰 소리가 들려 눈을 떴다.

"무슨 말도 안 되는 소리야!!"

곧이어 새된 고함이 온 집 안에 울리고, 유키는 완전히
잠에서 깨어났다.

"당신이 언제 내가 원하는 거 하나라도 들어준 적 있
어!?"

쩽그랑, 쩽그랑하고 연신 그릇 깨지는 소리가 들렸다.

"난 계속 참기만 했어. 그런데 이번에는 아이마저 뺏어가

겠다고!? 그렇게는 절대 안 돼!!"

"알았어! 내가 잘못했으니까, 일단 그거 내려놔!"

엄마와 아빠의 고성은 한 시간 가까이 이어졌다. 유키는 베개 밑에 머리를 파묻고 이불을 뒤집어쓴 채 시간이 흐르기만을 기다렸다. 이건 나쁜 꿈이라고 되뇌며, 아침에 일어나면 아무 일도 없다는 듯 엄마가 아침밥을 차려놨기를 몇번이고 기도했다.

다음 날, 유키는 간절한 마음으로 1층에 내려갔다. 하지만 엄마는 넋 나간 얼굴로 거실 소파에 앉아 있었고, 아빠는 바닥에 흩어진 유리 파편을 묵묵히 치우고 있었다.

중학교 3학년 개학식을 앞둔 어느 날.

아빠의 제안으로 두 사람은 외식을 하러 나갔다.

돌아오는 길에 아빠는 다시 한번 둘이서 해외로 나가보지 않겠냐고 물었다.

"말도 안 돼! 엄마를 두고 간다는 거야?"

"네 엄마는 보수적인 사람이야. 친정을 등지고 미지의 환경에 뛰어들 사람이 절대 못 돼. 우리끼리 가는 수밖에 없어."

"보수적인 게 그렇게 나쁜 거야?"

"아니, 꼭 나쁘다는 건 아니야. 그저 지금 아빠한테는 족쇄일 뿐이라는 소리야."

"족쇄라니……. 그래도 아빠 부인이잖아? 사랑하는 사람이잖아?"

유키의 물음에 아빠는 몇 초간 뜸을 들이더니 대답했다.

"분명 네 엄마를 사랑하던 시절이 있었지."

"무슨 소리야 그게. 그럼……, 지금은 사랑하지 않는다는 거야?"

유키는 아니라는 답이 돌아올 줄 알았다. 하지만 아빠는 고개를 천천히 가로저으며 말했다.

"나에게 진심으로 살의를 내비치는 여자를 온전히 사랑하는 건 아빠한테는 어려운 일이야."

유키는 마음 한구석이 찢어지는 듯했다.

돌이킬 수 없는 일이 벌어진 것이다.

"아빠가 그렇게 만들었잖아! 아빠가 외국으로 떠나겠다는 말만 안 했어도 엄마가 그렇게 되지는 않았을 거야!"

유키가 눈물을 글썽이며 비난하자 아빠는 만사에 흥미를 잃은 듯 차게 식은 눈길로 유키를 바라보며 말했다.

"그럼 너라도 엄마를 사랑해 주렴."

그렇게 아빠는 해외 진출 준비로 집에 올 일이 잦아졌음에도 짐까지 다른 곳으로 옮기고 엄마와 완전히 별거 상태에 들어갔다.

그날 이후, 엄마는 절대 '그 인간'처럼 키우지 않겠다고 입버릇처럼 말하고는 했다. 그 인간이 누구를 가리키는 말인지는 새삼 물을 필요도 없었다.

"고작 이류 대학을 중퇴해서 미술상이나 하는 변변치 않은 어른으로 커서는 안 돼. 너는 제대로 된 대학에 다니고 좋은 회사에 취업해서 진짜 행복을 누려야 해."

엄마는 유키를 뚫어지게 쳐다보면서 잠꼬대하듯 중얼거렸다.

집에서는 한시도 마음 편할 날이 없었다. 그나마 마호와 함께 그림을 그리며 보내는 점심시간이 유일한 낙이었다.

그런 와중에도 엄마는 점점 무너져 갔다.

유키는 밤마다 눈물로 지새우는 엄마를 대신해 직접 아침을 차렸다.

얼마 지나지 않아 저녁 식사마저 잠든 엄마를 대신해 종종 유키가 만들었다.

그렇게 하루하루 버티다 여름방학을 코앞에 둔 어느 날.

결정적인 사건이 터지고 말았다.

집에 도착한 유키는 현관문을 열고 거실로 들어서려다 멈칫했다. 가구란 가구는 모조리 쓰러져 있고, 식기는 죄다 깨져서 어지럽게 널려 있었다. TV도 자잘한 살림살이를 보관하는 찬장도 아빠가 쓰던 데스크톱 컴퓨터도 모두 부서져 있었다.

누구의 소행인지는 생각할 것도 없었다.

어지럽게 널린 파편 사이에서 웅크리고 있는 엄마가 보였다.

엄마는 아빠와 이혼했다고 말했다.

칼을 들고 다투었던 그날, 아빠는 그 모든 상황을 녹화해 법원에 제출했고 DV, 즉 가정 폭력을 인정받아 법적 이혼이 성립된 것이다.

아빠는 유키와 함께 해외 체류비로 쓰려고 모아둔 거액의 예금과 지금 사는 집을 남긴 채, 홀로 외국으로 떠났다.

참고로 아빠는 엄마와 결혼하면서 데릴사위가 되어 자신의 성을 처가 성으로 바꾸었기 때문에 부모의 이혼으로 유키와 엄마의 성이 바뀌는 일은 없었다. 따라서 밖에서 보면 어제나 오늘이나 사하라 유키네 집에는 아무런 일도 없는 것과 같았다. 하지만 부모의 이혼은 결정적으로 모든 걸 바꿔놓고 말았다.

"있잖아……, 유키는 아무 데도 안 갈 거지? 여기 있을 거지? 부탁이야, 제발 여기 있어 줘……."

엄마는 갈라진 목소리로 눈물을 뚝뚝 흘리며 유키의 무

릎에 매달렸다.

'그럼 너라도 엄마를 사랑해 주렴.'

아빠가 했던 말이 불현듯 뇌리를 스쳤다. 배 속이 부글부글 끓어올랐다. 나지막이 내뱉은 한숨마저 타버릴 것 같았다.

"괜찮아. 괜찮아, 엄마."

유키는 엄마의 머리를 천천히 쓰다듬었다. 한때 그에게 세상의 전부였던 엄마. 유키는 아름다웠던 과거의 모습이 온데간데없이 사라진 엄마의 머리카락을 쓰다듬으며 지난날 그녀가 수도 없이 반복했던 말을 떠올렸다.

'잘 다녀와.'

'어서 오렴.'

엄마는 언제나 웃고 있었다.

서툴고 뒤틀린 사랑이었을지 모른다.

"내가 옆에 있을 거야."

그래도 단 하나뿐인 엄마였다.

그날 이후로는 별로 기억나는 게 없다.

그저 필사적이었다.

그래도 일과는 기억하고 있다.

매일 아침 냉수로 얼굴을 씻고 거울에 비친 자신을 향해 중얼거렸다.

"넌 할 수 있어. 너 말고 할 사람은 없어."

그렇게 국립 고등학교 시험일이 다가오고—

"유키 군!!"

유키는 천천히 현재로 돌아왔다.

11

노을로 붉게 물든 하늘 아래, 사야카가 광장 입구를 배경으로 서 있었다.

거친 숨을 몰아쉬며 걸어오는 사야카를 보며 유키는 대뜸 물었다.

"여기 있는 건 어떻게 알았어?"

사야카는 숨을 고르듯 어깨를 크게 위아래로 들썩이며 손가락을 치켜세웠다.

"이 소리요."

"무슨 소리? 아……."

귀를 기울이자 두부 파는 차에서 나는 확성기 소리가 들렸다.

"전에 이 시간대에 공원 앞을 지나간 적이 있는데 그때 저 차를 봤거든요. 그게 생각났어요."

"그렇구나, 전화로 소리가 들린 모양이네."

흐음, 하고 코로 숨을 내쉬는 사야카에게 유키는 가볍게 손뼉을 쳐주었다.

"그래서, 오늘 용건은 뭔데?"

"유키 군을 찾으러 왔어요."

사야카가 유키를 똑바로 쳐다보며 대답하자 유키는 얼떨결에 마른침을 삼켰다.

"뭐, 그건 일단 나중에 생각하기로 해요. 먼저 유키 군한테 보여줄 게 있어요."

"보여줄 거?"

사야카는 뒤에 감추고 있던 둘둘 말린 포스터를 내보이며 큰 소리로 선언하듯 말했다.

"축제 포스터가 무사히 완성됐어요!"

"……진짜?"

"진짜라뇨? 설마 완성 못 할 줄 알았어요?"

"반쯤은."

"무례하네요. 맡은 일은 제대로 한다고요!"

"그건 다행인데……. 근데 오늘 좀 들뜬 거 같은데? 기분

탓인가? 아니면 오랜만에 봐서 그런가?"

"아, 아마 밤샘 작업하다 제가 좀 흥분했나 봐요. 오늘 아침에야 겨우 완성했거든요."

사야카의 대답에 유키는 노골적으로 인상을 썼다.

"내가 전에 무리하지 말라고 했을 텐데."

"기억하고 있어요. 하지만 여자도 무턱대고 밀고 나가야 할 때가 있다고요."

"이번이 그런 때였어요" 하고 말하며 사야카는 포스터를 다른 손으로 바꿔 들었다.

"그건 그렇고, 이번 포스터에 유키 군이라면 분명 알아볼 만한 특징이 있어요. 그게 뭔지 대답해야 해요. 준비됐죠?"

"왜 꼭 대답해야 하는데?"

"대답 못 하면 오늘 집까지 걸어갈 각오 하세요."

"너무한 거 아냐? 전철이랑 버스를 타도 한 시간은 걸린다고."

"대답하면 되죠. 자 그럼, 준비됐죠?"

더 이상의 반항은 소용없겠다 싶어 유키가 잠자코 고개를 끄덕였다. 곧이어 사야카가 포스터를 펼쳤다. 완성된 포스터를 확인하자마자 유키는 바로 정답을 알아챘다.

"〈1만 2000킬로미터의 여로〉 오마주잖아?"

"후후, 알아봐 주니 기뻐요."

포스터에는 하강하는 새의 날개를 향해 손을 뻗는 히노야마 고등학생을 중심으로, 〈1만 2000킬로미터의 여로〉를 연상시키는 산맥과 타오를 듯 붉은 하늘이 인물을 에워싸고 있었다. 그리고 하늘에는 이번 축제의 슬로건인 '이상을 잡아라! 소년 소녀'가 쓰여 있었다.

"참고로 인물화는 마호가 그려준 건데, 알아보겠어요?"

"아, 분업으로 했구나. 배경하고는 확실히 터치가 좀 다르네. 사야카는 아직 인물화는 힘드니까, 잘한 것 같은데?"

순수하게 칭찬의 뜻으로 한 말이었는데 무슨 이유에선지 사야카는 물끄러미 유키를 바라보기만 했다.

그렇게 몇 초가 지나고, 이윽고 유키는 사야카가 자신을 쳐다보는 이유가 있음을 깨달았다.

"뭐야? 혹시 뭐가 또 있어?"

설마 배경에 암호가 숨겨져 있다거나 그런 건 아니겠지.

그렇게 마음을 다잡고 있는데 사야카가 쓴웃음을 지으며 물었다.

"모르겠어요?"

그녀의 미소가 너무나 온화해 당황스럽기까지 했다.

유키는 괜스레 퉁명스럽게 되물었다.

"그러니까, 뭔데?"

"……유키 군, 이에요."

유키는 잠시 얼떨떨해하다가 불현듯 어떤 생각이 떠올랐는지 다시 포스터를 살피기 시작했다.

정확하게 말하면 포스터 속 남학생을 들여다봤다.

유키가 **하나하나** 꼼꼼하게 그림을 살펴보는데 사야카가 나지막하게 말했다.

"유키 군이 말했죠? 백지 인간은 그림을 그릴 수 없다고."

한 걸음, 사야카가 유키를 향해 다가왔다.

"그리고 또 말했죠. 그러니 직접 찾아달라고."

두 걸음. 이제는 코앞까지 다가와 무릎을 꿇었다.

"그래서 제가 찾았어요. 유키 군이 그림을 그리지 않는, 아니, 그리지 못하는 이유."

세 걸음. 사야카가 몸을 앞으로 내밀어 양손으로 유키의 얼굴을 감싸듯 잡았다.

코가 맞닿을 만큼, 동공에 비치는 자기 얼굴을 알아볼 만큼 가까운 거리였다.

"유키 군. **지금 제 얼굴 안 보이죠?**"

아아. 그녀는 정말.

"저뿐만이 아니라 **어떤 얼굴도 보이지 않을** 거예요. 심지어 **본인 얼굴도.**"

유키는 체념한 듯 눈을 감았다가 다시 뜨고는 대답했다.

"응, 보이지 않아. 어떤 얼굴도. ……내 얼굴도."

모든 걸 털어놓겠다는 듯 고백했다.

"나는⋯⋯, 자기 안면 실인증이야."

12

자기 안면 실인증은 내 얼굴이 내 얼굴 같지 않은 것, 또는 그런 증상을 말한다.

"지금 웃고 있다든지, 화났다든지 정도는 알아볼 수 있어. 단지 생김새를 보려고 하면 곧바로 게슈탈트 붕괴(일본에서 만든 신조어로, 특정 대상에 과도하게 몰입한 나머지 대상의 정의나 개념을 잊어버리거나 낯설게 느끼는 것을 말한다-옮긴이 주)가 일어나."

"게슈탈트 붕괴⋯⋯."

사야카가 잘 이해되지 않는다는 듯 고개를 갸우뚱하자 유키는 비유를 들어 설명했다.

"너는 꽃밭에 핀 꽃 하나하나에 이름을 붙여 그걸 완벽하게 기억할 수 있을 것 같아?"

"글쎄요⋯⋯. 적어도 전 힘들 것 같아요."

"그렇지? 나한테는 사람 얼굴도 꽃과 다르지 않아. 피어 있는 건 알지만, 각각을 뚫어지게 쳐다봐도 차이를 분간할 수 없다는 말이야."

유키는 몸을 일으켜 옆으로 다가온 사야카를 바라봤다. 수채화 같은 저 맑은 미소도 사람들 틈에 섞여버리면 분간할 수가 없다.

"일반적인 안면 실인증은 뇌가 물리적 손상을 입어 생기는데 그래도 본인 얼굴은 인식할 수 있거든. 그런데 나는 검사를 아무리 해도 이상이 없는데 타인은 고사하고 내 얼굴조차 인식이 안 되는 거야. 상담까지 받고 나서야 '심인성 **인식** 장애'라는 결론이 났어."

의사는 지극히 드문, 아니 적어도 자신은 유키 같은 증상을 나타내는 환자를 본 적이 없다고 말했다. 치료제도 전혀 없으니 일단 심신에 미치는 자극을 최소화하고 좋아하는 걸 하며 지내보라는 말뿐이었다. 그건 현재 치료법이 없다는 선고나 마찬가지였다.

"그나저나 넌 어떻게 알았어? 솔직히 알려고 해서 알 수 있는 게 아닌데."

"'크레인'에 갔을 때 힌트를 얻었어요. 제 머리가 짧아졌는데도 쓰루마루 씨는 저인 줄 알아보더라고요. 쓰루마루 씨한테 그 얘기를 했더니 머리 모양 좀 변했다고 못 알아보지는 않는다고 하길래, 그렇구나, 못 알아보는 유키 군이 이상한 거구나, 라는 생각이 들었죠."

"설마 그걸로 알았다고? 거짓말."

"아니요, 진작 알아봤어야 했어요. 맨 처음 재회했을 때라도."

"재회했을 때……?"

"그때 유키 군, 저를 머리핀으로 알아봤잖아요."

"……알고 있었어?"

사야카의 대답에 유키는 졌다는 듯 두 팔을 벌리고는 쓴웃음을 지었다.

"제가 처음 교실로 등교한 날은 머리를 자른 데다 유키 군이 서 있는 위치에서는 머리핀이 보이지 않았을 거예요. 그래서 절 못 알아본 거죠."

사야카는 득의양양하게 콧소리를 내며 자신의 추론을 늘어놨다.

"머리핀이나 머리 모양으로 사람을 판단한다는 건 그럴 수밖에 없는 이유가 있다는 건데, 전 기껏해야 '얼굴이 분간 안 되거나 기억을 못 한다'는 정도밖에 안 떠오르더라고요. 그래도 그렇게 생각하니 몇 가지 짚이는 구석이 있긴 했어요."

사야카가 그린 유키를 정작 본인은 알아보지 못한 일.

포스터 의뢰를 극구 거절한 일.

그뿐만이 아니었다.

"친구도 안 사귀는 게 아니라 못 사귀는 거죠?"

마호한테 유키의 중학생 시절 얘기를 들었을 때, 사야카는 유독 의문스러운 점이 하나 있었다. 중학생 때는 친구가 많았다는데 어째서 고등학교에 올라와서는 친구가 한 명도 없는 건지.

일부러 친구를 안 만드는 건가도 싶었지만, 이따금 유키는 친구가 없다는 사실을 한탄하고는 했다. 만들고 싶어도 만들지 못했으니까. 당연한 일이었다.

"얼굴을 분간할 수 없으니 무슨 수로 친해지겠어요."

반 애들이 돌아가며 본인 소개를 해도 누가 누군지 전혀 알 수 없고, 정작 본인 순서가 되면 수십 명의 낯선 얼굴이 자신을 쳐다보고 있다. 상상만으로도 오싹해지는 광경이었다.

"그런데 하나 궁금한 게 있어요. 어째서 저는 그릴 수 있었던 거죠?"

"그건 그렸다고 볼 수도 없어. 얼굴의 각 부위를 뚫어져라 쳐다보면서 두통과 구토를 참아가며 조악하게 옆모습을 그린 게 전부니까."

유키의 목소리와 표정에서 씁쓸함이 묻어났다. 그 아픔과 고통은 상상 이상일 것이다.

"유키 군이 어떻게 그런 상태로 1년 반을 버틴 건지 정말 불가사의예요."

"못 버텼어. 그러니까 학교 빠지고 꽃 사진이나 찍으러 다닌 거지."

누군가와 대화를 나눌 때면 상대방 목소리에 온통 귀와 신경을 집중해야 했다. 도무지 익숙해지지 않는 행동을 하며 익숙해지지 않는 장소에 다니는 것은 유키의 정신을 순식간에 마모시켰다. 꽃을 찍는 것이 그나마 치료제라면 치료제였다.

"하지만 아무리 사진을 찍어도 그림을 대신할 수는 없었어."

사야카는 고통을 삼키듯 먼 곳을 응시하는 유키의 손을 슬며시 잡았다.

"……물어봐도 될까요? 유키 군이 자기 안면 실인증에 걸린 이유."

"정말, 정말 별거 없는데, 그래도 들을래?"

사야카가 고개를 끄덕이자 유키는 떨리는 목소리로 이야기를 시작했다.

"수험장에서 쓰러졌어. ……그것도 과로로."

❀ ❀ ❀

끝내 한계가 왔다.

자는 시간을 줄여가며 익숙하지 않은 집안일을 하고, 엄마를 돌보며 국립 고등학교에 합격할 만큼의 학업량을 유지한다는 건 유키에게는 능력 밖의 일이었다.

눈을 떠보니 의무실이었고, 그를 찾아온 시험 감독관은 안타깝게도 시험은 끝났다고 알려주었다. 집으로 걸어가는 내내 유키는 자신을 경멸했다.

경멸하고 또 경멸하고, 자신에게 욕과 폭언, 비방과 조롱을 서슴지 않았다.

온갖 부정적인 말로 자신을 몰아세웠다.

모든 게 물거품이 됐다. 의미가 없다. 없어졌다.

이런 생각조차 위선이라며 또 다른 자신이 자신을 단죄했다.

결국, 다 스스로 자초한 일이라면서.

그러고는 단죄하는 자신을 또 다른 자신이 비난했다.

단죄할 자격도 없지 않냐고.

집에 돌아올 때까지, 돌아온 후에도 비난은 멈추지 않았다.

언제 잠이 들었는지조차 명확하지 않지만, 습관이 됐는지 늘 그랬듯 유키는 침대에서 자명종 소리를 들으며 눈을 떴다.

머리가 깨질 것처럼 고통을 호소했다. 어디 다른 곳은 전혀 아프지 않았는데도 몸을 움직일 때마다 두개골이 흔들리는 것 같았다. 쉬어야 한다고 본능이 비명을 지르고 있었다.

하지만 유키가 쉬면 엄마의 식사를 챙겨줄 사람도, 빨래를 말려줄 사람도, 쓰레기를 치워줄 사람도, 대신 학교에 가줄 사람도 없었다. 무엇보다 어제 저지른 일 때문에 도저히 쉴 마음이 들지 않았다. 유키는 손으로 벽을 짚으며 방에서 나와 손잡이를 잡고 계단을 내려갔다. 한 계단 한 계단 내려갈 때마다 누군가 자신의 머릿속에 손을 집어넣어 휘젓는 느낌이 들었다.

유키는 세면대로 향했다. 두통으로 거의 눈을 뜰 수 없었다. 그래도 얼굴을 씻으면 조금은 나아지겠지. 그렇게 생각하며 간신히 도착한 세면대에서 손으로 더듬거리다시피 해 수전을 찾아 올리고 얼음장같이 차가운 냉수를 얼굴에 끼얹었다.

거친 숨을 몰아쉬며 얼굴을 수건으로 닦고 늘 하던 주문을 외우려는데.

……내 얼굴, 보고 싶지 않아.

그 순간, 기우뚱하며 현기증이 일었다. 유키는 천천히 머리를 흔들며 평형감각을 되찾으려고 고개를 들었다. 하지만 거울 속에는 얼굴 대신 다 시들고 말라버린 꽃이 달린, 사람 형상의 실루엣밖에 보이지 않았다.

"이게, 뭐야?"

그렇게 말하며 사하라 유키는 바닥에 쓰러졌고, 자기 안면 실인증이라는 진단을 받았다. 더불어 더는 그림을 그릴 수 없게 되었다. 유키가 입원한 일주일 동안 돌봐줄 사람이 아무도 없었던 엄마는 친정에 가 있을 수밖에 없었다.

그날 이후, 유키는 자신의 존재 이유이자 자기 자신과도 같았던 그림은 물론 유일하게 지키고자 했던 엄마마저 잃었다.

힘겹게 거울 앞에 서봐도 그 속에 비치는 건 무가치한 존재뿐이었다. 아무것도 비치지 않는 것과 매한가지였다.

"……하하."

유키는 자기도 모르게 웃음이 났다.

필사적으로 무언가를 그려왔다.

자신의 가치를, 증거를, 약속을.

그랬는데, 정신을 차리고 보니 눈앞의 캔버스는 백지상태였다.

그렇게 싫어했던, 아무것도 없는 백지로 돌아온 것이다.

"다 사라졌어."

힘없이 중얼거리며 유키는 히노야마 고등학교의 교복을 입고 입학식에 가려고 현관을 나섰다.

13

모든 얘기가 끝나고, 유키는 천천히 한숨을 내쉬었다.

완전히 잊었다고 생각했는데 얘기를 하다 보니 점점 당시의 기억이 떠오르면서 막판에는 이러다 쓰러지는 게 아닐까 걱정될 만큼 모든 감각이 생생하게 되살아났다. 하지만 그런 걱정은 필요 없었다.

"저기, 사야카. 무거워."

사야카를 일으키려고 일부러 한 말이지만, 그녀는 유키를 껴안은 채 미동도 하지 않았다. 사야카의 떨리는 숨결이 왼쪽 귓등을 간질였다.

그냥 기다려야겠다고 마음먹고 거리의 풍경을 바라보며 시간을 보내려던 그때, 사야카가 몸을 움찔했다.

"……지금까지."

사야카의 나지막한 목소리. 그건 혼잣말이 아니라 질문이었다.

"다른 사람한테 이 얘기 한 적 있어요?"

"아니, 없었을걸. 병에 대해서는 기타니 선생님한테 말했지만, 왜 걸렸는지는 아무한테도 말한 적 없어."

유키의 목을 꼭 감싼 손에 힘이 들어갔다.

"왜……, 아무한테도 말 안 했어요?"

"아무래도 내 실패를 드러낸다는 게 창피하기도 하고 촌스럽기도 하고, 뭐 좋을 게 없잖아. 무엇보다 다른 사람한테 털어놓는다고 해서 과거가 바뀌지는 않으니까."

밤새도록 얘기했는데 아무것도 바뀐 게 없다면 우울감만 커질 뿐이다.

그럴 바에는 산책이나 하는 게 훨씬 낫다고 말하며 유키는 웃었다.

하지만 사야카의 생각은 달랐다.

"……아니, 바꿀 수 있어요."

사야카는 조용하지만 분명한 어조로 말했다.

"과거는 바꿀 수 있어요."

"마법이라도 쓰게?"

유키는 응원해 주려는 건 알겠지만 마음만으로도 충분하다며 멋쩍은 미소를 지었다. 하지만 사야카는 아주 진지한 표정으로 고개를 끄덕였다.

"만약 마법에는 협조할 용의가 있다면 이걸 마법이라고 하죠, 뭐."

말도 안 되는 소리였다. 사야카는 어떻게든 유키의 과거를 바꾸고 싶은 모양이었다.

"……그럼, 그 마법을 써볼까?"

유키가 자포자기한 심정으로 맡기자 사야카는 비로소 몸을 일으켰다.

"자, 그럼 자세를 좀 바꿀까요?"

사야카의 손이 유키의 머리로 향하더니 스멀스멀 아래로 내려갔다. 최종적으로 손이 멈춘 곳은 프로레슬링으로 치면 헤드록 걸기 직전의 위치.

"아, 이건 아무래도 좀."

유키가 자신의 이마를 누르는 감촉에서 벗어나려는 듯 버둥거렸다. 그러자 사야카가 부드러우면서도 힘 있는 손길로 그의 뒷덜미를 더욱 아래로 눌렀다.

"괜찮으니까 저한테 전부 맡기세요. 유키 군은 아무 말도, 아무 생각도 하지 말고 그저 제 목소리에만 귀 기울이면 돼요."

급기야 사야카와 얼굴이 맞닿았다. 유키는 대답은커녕 고개조차 끄덕일 수 없어 가만히 있는 것으로 긍정의 의미를 대신했다.

사야카는 그 상태에서 유키의 머리를 감싸안고는 "시삭할게요"라고 말했다.

그렇게 마법이 시작되었다.

"──지금까지, 정말 애썼어."

넋을 빼앗길 만큼 황홀한 목소리에 유키는 몸의 중심이 흔들리는 것 같았다.

머리로는 마법이 아닌 걸 알지만 그럼에도 마음은 동요했는지 눈물 한 방울이 흘러내렸다.

오열조차 나오지 않는, 너무나도 급작스러운 반응이었다. 하지만 "잘했어", "대단해"라고 속삭이는 목소리가 귓가에 들릴 때마다 눈물이 뚝뚝 떨어졌다.

사야카는 미지의 감각이 일으키는 거센 물결에 몸을 맡긴 채 얼어붙은 유키의 머리를 어루만지며 "괜찮아요?" 하고 물었다.

"유키 군이 여태껏 겪은 고통은 지금 이렇게 저한테 인정받으려고 주어진 거예요. 단순히 유키 군을 괴롭히려고 그런 게 아니에요."

자비를 베풀듯, 애정을 베풀듯.

"유키 군이 없었다면 저는 아직도 캄캄한 암흑 속에 갇혀 있었겠죠. 유키 군이 이렇게 있을 수 있는 것도 본인의 행동에 따른 성과예요. 그러니 유키 군의 과거는 실패가 아니에요. 전부 이어져 있어요. 무의미한 건 아무것도 없어요."

다정한 목소리가, 단어가 마음을 녹였다.

부드러운 손길이 머리를 쓰다듬을 때마다 뒤틀린 정신이 진정되어 갔다.

유키는 사야카의 소매를 잡고 가슴에 얼굴을 파묻은 채 울음을 터뜨렸다.

──지금까지, 정말 애썼어.

유키가 늘 누군가에게 듣고 싶었던, 하지만 누구도 해주지 않았던 말이었다.

"유키 군이 바짝 말라버리는 건 아닌가 생각했어요."

"……나도 그렇게 생각했어."

겨우 울음을 멈추고 차분해진 유키는 사야카의 시선을 피했다.

그 모습을 보면서 사야카는 장난꾸러기 같은 웃음을 지었다.

"후후, 동급생 가슴팍에 파묻혀서 그렇게 울었으니 꽤 창피하겠어요."

"알면 말하지 마! 그리고 그렇게 만든 장본인은 너라고!"

이럴 거면 애초에 왜 시켰냐며 유키가 따지고 들자 사야카가 알았다며 그를 달랬다.

"적어도 저는 아무렇지도 않아요. 필요한 일이었고 오히려 도움이 돼서 뿌듯하기까지 해요."

"뭐, 그렇게 말하면 나도 조금은 마음이 풀리지만⋯⋯."

"하지만 창피한 건 창피한 거죠."

"으으~~~~~!!!"

유키는 자기도 모르게 머리를 긁적였다.

사야카는 재밌다는 듯 킥킥거리다 유키를 물끄러미 바라봤다.

"있잖아요, 저 부탁할 게 있어요."

"뭔데?"

유키가 고개를 들어 사야카를 바라봤다. 그러자 그녀가 말했다.

"제 곁에서 그림을 그려주지 않을래요?"

짐작한 대로였다. 원래라면 여기서 고개를 끄덕여야 맞다.

"미안."

그러나 유키는 고개를 떨구었다.

"아직 약속은 못 해. 마음은 그 어느 때보다 그리고 싶지만 정말로 그릴 수 있을지 알 수 없는 데다 엄마도 있어서⋯⋯."

전부 끝난 후에, 라고 말하려는데 사야카가 깊은 한숨을 내쉬며 유키의 말을 가로막았다.

"하아⋯⋯. 아직도 그런 말이나 지껄이는 거예요, 유키 군은?"

"지, 지껄……?"

당혹스러워하는 유키의 입술을 사야카가 집게손가락으로 막으며 미소를 지었다.

"잘 모르는 것 같으니 설명해 줄게요. 내가 눈을 뜨게 된 건 유키 군이 **구해줬기 때문이 아니에요.**"

귓가의 머리카락을 쓸어 올리며 사야카가 말했다.

"유키 군 때문에 1년 전에 받은 저주보다 더 강력한 저주에 걸려들었기 때문이에요."

지금까지 가슴속에 꼭꼭 담아두었던, 지금이 아니면 밝힐 수 없는 진실. 사야카는 천천히 유키의 손목을 잡았다. 그 손에서 미세한 힘이 느껴졌다.

"그런데 본인만 평범한 행복을 잡기 위해 발을 빼겠다. ……그게 될 것 같아요?"

유키는 이 친구가 방금 내 과거를 바꿔준 소녀가 맞는지 의심스러웠다.

알 수 없었다. 하지만 빨려 들어갈 것 같은 사야카의 눈길을 외면할 수는 없었다.

"자업자득이란 말 있죠? 이번에는 제가 유키 군한테 저주를 걸 차례예요."

"시작할게요" 하고 말하며 사야카는 유키 쪽으로 양팔을 뻗었다.

"한 번만요. 두 번 부탁하지 않을게요. 나를 위해 딱 한 번만 더 붓을 잡아주세요."

사야카의 양팔이 유키의 머리를 감싸듯 두르자, 두 사람은 서로를 자석처럼 끌어당겼다.

"그리고 언젠가 붓을 놓고 싶을 때. ……아니, 붓을 놓게 되면 말해주세요. 그럼 제가—"

코끝이 닿을 듯한 거리. 아니, 어느새 유키의 코끝에는 사야카의 이마가 닿아 있었다.

석양이 지는 하늘 아래, 그녀는 소원을 담듯, 기도를 올리듯, 애정을 속삭이듯 말했다.

"제가, 죽여줄게요."

유키는 자기도 모르게 그것도 괜찮겠다고 생각했다.

사야카가 죽여준다면 자신이 태어난 의미는 바로 거기에 있을 것 같았다.

휘몰아치는 생각에 유키는 온 세상이 통째로 흔들리는 것 같은 현기증을 느꼈다.

그러나 이내 유키는 똑똑히 목격했다.

사야카의 눈동자 속에 비친 자기 얼굴을.

"괜찮네, 이 저주."

얼떨결에 웃음이 났다.

"……하지만."

유키는 어깨에 놓인 사야카의 손을 잡았다.

그러고는 힘을 주어 천천히 그 손을 내려놓고 말했다.

"아직 난 죽고 싶지 않아."

사야카의 눈동자는 선명한 빛으로 반짝이고 있었다.

"그럼, 열심히 해야겠네요."

그렇게 말하는 사야카의 얼굴은 더 이상 엇비슷한 꽃 중 하나가 아니었다.

사야카는 동갑내기 소녀답게, 해맑은 미소를 짓고 있었다.

"……그래야, 겠지."

사야카의 눈동자에 비친 유키의 얼굴도 웃고 있었다.

14

통칭 일류제라 불리는 히노야마 고등학교 축제는 마지막 날을 맞아 분위기가 최고조에 달해 있었다.

흡사 네부타 축제(매년 여름 아오모리현에서 열리는 일본의 3대 민속 축제로, 대나무 골조에 여러 개의 등과 거대한 종이 인형을 장식한 커다란 수레를 '네부타'라고 한다-옮긴이 주)에라도 세울 것처럼 현란하게 장식한 입구는 아침 만원 전철에 버금가는 인파로 붐볐고, 교통정리에 차출된 학생과 교직원은 목이 쉬도록 소리를 질렀다.

안으로 들어가면 신발장 앞에서부터 운동장을 따라 노점이 죽 늘어서 있고 그 사이로 보이는 잔디밭 광장에는 특설 무대가 마련되어 상시 공연이 열리고 있었다. 오후 3시가 넘어가면서 축제의 절정은 지나갔지만, 아직도 학교는 수많은 인파로 북적거렸다.

그런 와중에 한 소녀가 사람들을 요리조리 피해 가며 급하게 걸어가고 있었다. 누군가와 부딪힐 때마다 머리를 조아리며 사과하는 소녀.

"저, 죄송한데……. 지나갈게요! 좀 지나갈게요!"

소녀는 방문객 틈에서 엎치락뒤치락하다 말아 올린 머리가 엉망이 되어서야 겨우 입구에 도착했다. 거칠게 숨을 몰아쉬며 주위를 둘러봤지만, 찾는 사람은 전혀 보이지 않았다. 급기야 소녀는 어깨를 바들바들 떨며 그 자리에서 소리를 질렀다.

"곧 도착한다고 해서 왔더니, 사하라 어디 있어~!?"

✿ ✿ ✿

교실 앞에 당도한 나는 긴 행렬에 순간 멈칫했다.

"설마 이렇게까지 사람이 몰릴 줄은……."

층을 잘못 알았나 싶었지만 교실 앞에는 선명하게 '러시안 다코야키'라고 쓰인 현수막이 걸려 있었다. 전혀 안 팔릴 줄 알았는데, 역시 축제의 마력은 무시무시하다.

"아, 사 짱~!"

목소리가 들리는 쪽을 바라보니, 현란한 화장으로 얼굴을 치장한 안즈가 보였다. 검은 로브에 모자까지 쓰고 있는 걸 보니 마녀 코스프레를 하는 모양이었다.

"고생 많지~! 이거 먹어! 아~"

"에? 아, 아~"

안즈가 지팡이 대신 들고 있던 과일 스틱을 내밀자 나는 엉겁결에 맨 끝에 달린 냉동 귤을 입에 물었다.

"저기, 마호 짱 어딨는지 못 봤어요?"

내 질문에 안즈는 가로로 물고 있던 과일 스틱에서 키위와 딸기를 호쾌하게 뽑아 우물거리며 고개를 끄덕였다.

"아까 급하게 정문 쪽으로 가는 거 봤어. 누구 마중 간다던데."

"정문이요? 캔버스 때문에 뒷문으로밖에 못 올 텐데……."

"잘 모르겠지만 힘내"라는 안즈의 응원을 뒤로하고 나는 복도 쪽으로 종종걸음을 쳤다. 인파를 헤집고 최종 목적지인 미술실에 뛰어들다시피 들어갔다.

"유키 군 왔나요?"

들어서자마자 나는 유키 소식부터 물었지만, 안에 있던 미술부원들은 고개를 절레절레 흔들었다.

"곧 도착한다더니……. 어딨는 거야!"

감감무소식인 유키 걱정에 내가 무의식적으로 입술을 깨물며 중얼대자 뒤에서 탁탁하는 소리와 함께 맥 빠진 듯한 목소리가 들렸다.

"그렇게 보채지 마. 아직 시간 충분하잖아."

돌아보니 쓰루마루 씨가 카페에서 입는 슈트 차림이 아닌 외출복으로 보이는 푸른 하카마(하반신을 감싸는 기모노의 일종이다-옮긴이 주)를 입고 벗겨진 머리를 두드리며 씽긋 웃고 있었다.

"다녀왔어~ 야키소바 가져왔는데. 미스미도 야키소바 먹을 거지?"

마침 점심을 가져온 기타니 선생님이 팩에 든 야키소바를 내밀었다.

"선생님이 먹다 남긴 건 필요 없다니까요!"

"아냐, 안 먹었다니까! 방금 사 온 거란 말이야! 이 푸짐

한 양을 봐!"

"오오, 맛있어 보이는데. 기타니 선생, 나도 하나 먹어도 되겠소?"

"물론이죠, 쓰루마루 선생님 것도 가져왔어요. 여기, 마요네즈도 같이!"

"고맙구먼, 이거……."

유키를 기다리는 동안 쓰루마루 씨와 기타니 선생님은 완전히 친해졌다.

역시 공통된 화제가 있으면 금방 친해지는 법이다.

"교통사고라도 난 건가……. 설마 캔버스를 누가 훔쳐 갔나? 그럼 어디다 연락해야……."

태평한 두 사람과 달리 나는 쓸데없이 최악의 상황을 상상하며 안절부절못했다. 일단 화장실이라도 가야겠다고 마음먹은 그때, 의외의 인물이 얼굴을 비쳤다.

"실례합니다~"

"어라! 구지잖아, 여긴 웬일이야?"

삐죽삐죽 세운 빨간 머리가 생경했지만, 축제 실행 위원 티셔츠를 입고 환하게 웃는 모습이 틀림없는 구지였다.

"신도 찾으러 온 거야? 아마 지금쯤 정문 앞에서 이리 뛰고 저리 뛰고 있을걸."

"아뇨, 미아를 데려왔어요."

"미아?"

그 말에 뒤쪽을 쳐다봤다가 눈이 휘둥그레지고 말았다.

"……아, 죄송."

거기에는 유키가 캔버스 가방을 든 채 우두커니 서 있었다.

"도대체 어디서 뭘 하고 있던 거예요?"

내가 다짜고짜 다그치자, 유키는 억울하다는 듯 고개를 빳빳이 들고는 대꾸했다.

"아니, 그……. 입구가 어딘지 헷갈려서 헤매고 있는데 마침 구지랑 마주친 거야. 그래서 구지가 여기까지 데려다 줬어…….'"

"애도 아니고 지나가는 사람한테 물어보면 될 일을! 아니면 우리한테 연락하든가!"

"미안……."

시무룩하게 고개를 숙이는 게 평소 유키와 다를 바 없어 보였, 아니 몇 배는 더 한심해 보였다.

"자자! 설교는 나중에 하고 기다렸던 감상 시간을 갖자고!"

기타니 선생님의 주도로 다 같이 전시물을 한쪽으로 치워 공간을 만들었다. 그곳에 이젤을 놓고 유키가 목욕용 타월에 감싼 캔버스를 세팅했다.

"아, 다 같이 구호를 외치면서 열면 될까요?"

유키가 미술실 뒤편을 쳐다봤다.

뒤에는 유키 외에 미술부 전원이 나란히 서 있었다.

"그럼, 유키가 편한 타이밍에 오픈하라고!"

"자, 그럼 오픈할게요."

유키가 목욕용 타월을 걷어내자 드디어 그림이 제 모습을 드러냈다.

그 순간, 나는 내 호흡이 멈췄음을 분명히 느꼈다.

처음 느낀 감정은 당혹감이었다.

곧이어 흥분과 감동, 마지막에는 기쁨과 부끄러움이 밀려왔다.

"우와!!"

나를 뺀 전원이 탄성을 질렀다.

그리고 거의 동시에 다들 날 쳐다봤다.

얼굴이 화끈거렸다.

하지만 눈앞의 그림에서 눈을 뗄 수가 없었다.

그럴 수가 없었다.

그림에는 온갖 꽃이 가득 피어 있었다.

그리고 중앙에는 꽃 한 송이(한 소녀)가 꽃잎(눈꺼풀)을 활짝 피운 채 만개해 있었다.

그건 분명 나였다.

언젠가 유키가 말했다.

그림은 거울이라고.

그리는 사람이 바라보는 세상을 있는 그대로 비춰준다고.

그렇다면, 유키가 이렇게 그렸다는 건…….

"그림 제목이 뭐예요?"

미술부원이 물었다.

"아, 작품명을 준비한다는 걸 깜빡했네……. 그러면."

유키는 잠시 생각하는 듯하더니 전방에 있는 칠판에 분
필로 크게 글씨를 써 내려갔다.

그가 쓴 제목은 이랬다.

〈보지 못하는 너에게, 보이지 않는 내가〉

이 그림은 유키가 돌아왔다는 증표이자 러브레터였고,
도전장이었다.

나는 내 인생을 걸고 이 그림을 좇아가야, 아니 넘어서야
한다. 생각만으로도 아득한 기분이 들었다. 길고 긴 여행이
될 것이다.

유키를 쳐다보자 눈이 마주쳤다.

그는 씩 하고 자신만만한 미소를 지었다.

나는 두근거려서 어찌할 바를 몰랐다.

"아아! 사하라가 없어요오!"

때마침 마호가 울상을 지으며 뛰어 들어오다 눈앞에 펼쳐진 상황에 멈칫했다.

"……어? 이게, 이게 뭐지!?"

당혹감과 흥분으로 뭉크의 〈절규〉 같은 표정을 짓는 마호를 보자 다들 웃음이 터졌다.

미술부원들이 마호 곁으로 달려갔다. 곧이어 이리 오라는 부원들의 손짓에 구지도 멋쩍은 웃음을 지으며 뒤늦게 마호 곁으로 다가갔다. 기타니 선생님과 쓰루마루 씨도 그림 쪽으로 다가가 저마다 감상을 늘어놓기 시작했다.

유키가 슬며시 내 옆으로 다가왔다. 우리는 서로를 마주 보며 미소 짓고는 뒤에서 한참 동안 그 광경을 바라봤다.

어느 때보다 행복한 시간이었다.

☆ ☆ ☆

일몰을 앞두고 온 세상이 주홍빛으로 물들었다.

운동장에 모인 학생들을 향해 진행자가 노란 테이프 뒤

로 물러서라고 거듭 주의를 주고 있다. 중앙에는 캠프파이어를 시작하기 위한 점화 준비가 한창이었다. 유키와 그의 친구들은 이렇게 일류제가 막바지로 향해 가는 광경을 조금 떨어진 잔디 광장에서 지켜보고 있었다.

"저쪽, 잘돼가는 눈치예요."

"저쪽이라니? ……아아."

캠프파이어용 장작 반대편, 아무도 없는 계단 출입구 앞에서 구지와 마호가 마주 보고 서 있는 모습이 보였다.

두 사람은 몹시 진지한 듯하면서도 이따금 어쩔 줄 모르겠다는 듯, 몸을 마구 비틀었다가 서로 딴 곳을 쳐다보고는 했다. 말 그대로 청춘의 한 페이지였다.

"미술실에서 도와준 보람이 있어요."

"한때는 관계가 엉망진창이었다던데 잘 화해했네."

"잘 모르나 본데, 그게 다 유키 군 때문이에요."

"에? 어째서?"

"그건 스스로한테 물어보세요."

사야카는 킥킥 웃더니 기지개를 켰다.

"그건 그렇고 이제 후련하네요. 하려던 건 다 했어요."

"아직 복수를 못 했잖아. 제대로 마무리해야지."

"당연하죠. 그게 아니라 포스터며 마호 짱 커플 화해한 거며, 유키 군한테 그림 의뢰한 거까지, 다른 사람하고 얽힌

실타래가 다 풀린 것 같아서 기분이 좋아요. 그래서 전 지금 해방감을 만끽 중이에요."

"……그래서 이제 이 학교에 있을 의미가 없다?"

유키의 질문에 사야카는 굳어버렸다.

"그럼 가지고 학교 오는 길에 기타니 선생님한테 연락이 왔어. 뜬금없이 '이제 이 학교에 있을 수 없다'면서 전학 신청했다며? 선생님이 그게 무슨 소리냐고 묻더라."

"내가 말할 생각이었는데……. 정말 방심할 틈을 안 주네요, 그 선생님은."

그렇게 말하며 사야카는 크게 한숨을 쉬었다.

"물어보고 싶은 게 있어."

"뭔데요? 전학은 왜 가냐고요?"

"아니, 그건 짐작 가는 게 있어. 그게 아니고……."

유키는 숙이고 있던 고개를 들어 사야카를 바라보며 물었다.

"네가 정말 복수하려던 대상 말이야, 나 아니었어?"

역광이라 표정은 잘 보이지 않았다.

"사람 얼굴을 다시 구별할 수 있게 되면서 비로소 깨달았어. ……아니, 생각났어."

재회 직후 나눴던 대화.

'또 같은 소릴 들었네요.'

'또 들었다고? 내가 너한테 못 그린다고 한 적 있어?'

"넌 나한테 원한이 있어. 그날 나한테 못 그렸다는 말을 들었던 걸 계속 기억하고 있었어. 맞지? 사야카. 아니, **미스 미 사라.**"

해가 저물었다. 이제 표정이 보였다.

그녀는 꽃처럼 웃고 있었다.

"너무 늦게 알아챘네요. 유키 군."

에필로그

잊을 리가 없다.

"와, 진짜 못 그린다."

그 말은 내 마음에 깊은 생채기를 남겼다.

"자, 이제 뚝! 오늘은 사라가 좋아하는 오므라이스 만들어 줄게! 응?"

"아니……! 걔가 자꾸 못 그린다고 놀리니까!"

바닥에 엎드려 흐느끼는 내 뺨을 언니인 미스미 사야카가 수건으로 쓱쓱 닦아주었다.

"유키는 언니가 혼쭐을 내줬으니까, 다시는 그런 말 못

할 거야!"

"그래봤자 내가 못 그리는 건 안 바뀐단 말이야……!"

"음, 그건 그렇기는……. 아! 그럼, 사라가 거기서 제일 그림을 잘 그리면 되지! 그러니까 언니하고 다시—"

"싫어! 절대 안 가!!"

울부짖는 날 달래는 걸 그만 포기하고 언니는 저녁을 만들러 주방으로 향했다.

그 뒷모습을 보며 나는 서러움에 더 큰 소리로 울부짖었다.

그 울보가 나, 미스미 사라였다.

언니와 나는 어렸을 때 부모님을 사고로 여의고 거의 유일한 친척인 삼촌에게 맡겨졌다. 하지만 삼촌도 인프라 엔지니어로 정신없이 바쁘게 지내느라 집을 비우기 일쑤였다. 대부분의 집안일은 가사도우미인 노사카 씨가 도와줬지만 외로움까지 달래주지는 못했다. 그래서인지 나는 언니 껌딱지였다. 언니는 내게 부모 대신이나 마찬가지였다.

아이가 부모 흉내를 내듯 나는 뭐든지 언니 흉내를 냈다.

책가방은 흰색이었고, 유리구슬은 노란색만 모았다. 빵에 발라 먹는 잼은 꼭 마멀레이드여야 했다. 요리도 열심히 해봤지만 오므라이스는 태우기만 했다.

그렇게 흉내를 내봐도 나와 언니는 정반대였다.

밝고, 인기 많고, 그림 잘 그리는 언니.

접 많고, 혼자가 좋고, 그림은 영 꽝이라는 소리를 듣는 나.

생김새가 똑 닮았다는 소리를 자주 들었던지라 성격상의 차이가 더욱 도드라졌다. 하지만 그런 차이에 신경 쓰는 건 성격 고약한 나뿐이었고, 언니는 언제나 내게 잘해주었다. 집에서 그림을 그릴 때도 꼭 나에게 함께 그리자고 말했다.

"릿 군이 용기 내서 가나 짱한테 고백했는데 전혀 눈치채지 못했대. 가나 짱 너무 둔해."

언니는 그림을 그리며 종종 그림 교실 아이들의 이야기를 들려주었다. 나는 릿 군도 가나 짱도, 유 짱도 마사 군도 몰랐지만, 언니는 아랑곳하지 않았다. 그도 그럴 것이 그림을 그리려고 떠드는 것이나 마찬가지였기 때문이다. 극단적으로 말해 듣는 사람이 하나도 없어도 상관없었다.

"그 체험하러 왔다는 애, 유키가 가르쳐 줬더니 그림자를 제대로 그릴 수 있게 됐대. 네 살밖에 안 된 아이한테 그림자를 이해시키다니 대단하지?"

유키에 관한 얘기도 이따금 화제에 올라왔다. 덕분에 한 번밖에 안 만났는데도 몸치에, 밤에 혼자서는 화장실에 못 가고, 매실장아찌를 싫어해서 잘 못 먹는다는 것까지 일방적으로 알게 됐다.

"언니, 유키 얘기 자주 하더라. 혹시 좋아해?"

"응, 좋아. 항상 내 얘기 재밌게 들어주고, 상냥하고, 그림도 많이 그리고."

생각보다 언니가 너무 순순히 인정하는 바람에 나는 적잖이 당황했다.

"근데 유키는 연애에는 전혀 관심이 없어 보여서 지금 고백해 봤자 흐지부지 끝날 게 뻔해. 그래서 언제 고백할지 고민 중이야."

"그렇, 구나……."

언니는 내가 충격받은 줄도 모르고 그저 그렇다고 고개를 끄덕였다.

"아, 그러고 보니 유키가 아직도 너 신경 쓰던데? 이젠 뭐든지 가르쳐 줄 수 있으니까 한 번 더 만나봐."

"이제 와서 창피하게, 싫어."

나도 당시에 유키가 날 놀리려던 게 아니라는 것 정도는 알고 있었다. 언니는 그렇게 그림을 잘 그리는데 동생의 그림 실력은 너무 형편없자 놀라서 얼떨결에 그런 말이 나왔을 것이다.

오히려 유키는 그 일로 깊이 반성하고 이제는 모두에게 친절하게 그림을 가르쳐 주게 됐다고 했다.

언니가 좋아하니 분명 괜찮은 사람일 것이다. 그래도, 아니, 그래서 만나지 않았다. 분명 나는 질투하고 있었다. 내가 정말 좋아하는 언니를 뺏길지 모른다는 너무나 이기적인 이유로.

그림을 그리지 않을 때면 언니는 종종 모르는 곳에서 산책하기를 즐겼다. 삼촌 방에 있던 영웅담 책의 영향을 받은 건지 언니는 그걸 모험이라고 칭했다.

"좋은 소재는 그 자체로 좋은 그림이 돼. 논에서 합창하는 개구리나 수영장에 뛰어드는 순간 일어나는 물보라, 박장대소하는 사람 같은."

"……정말 아름다운 풍경이나?"

"정답!"

그렇게 언니는 아직 보지 못한 풍경을 찾아서 온 마을과 산을 돌아다녔다.

"언니, 그만 돌아가자……. 배고파."

"진짜 배고프다. 그러고 보니 노사카 씨가 오늘 햄버그스테이크 만든다고 했는데."

"햄버그스테이크!?"

"응. 근데 돌아가는 길을 모르겠어."

"또!?"

늘 무작정 돌아다니다 보니 중간에 길을 잃는 일이 잦았다. 어두컴컴한 산속, 집비둘기와 벌레 우는 소리, 나뭇잎 스치는 소리에 둘러싸인 채 우리는 두 번에 한 번은 이런 식으로 길을 헤매고는 했다. 나는 매번 언니를 따라갈 때마다 역시 가지 말았어야 했다고 후회했다.

그런데 딱 한 번.

"우와, 사라. 여기 봐봐!"

엄청난 체력으로 둑을 오른 언니가 흥분한 듯 내게 손짓했다. 나는 어차피 또 뱀 허물 같은 거겠지, 생각하며 지칠 대로 지친 몸을 이끌고 가까스로 둑에 올랐다. 도착해 보니 그곳에 작은 공터가 있었고 언니는 공터 안 벤치에 앉아 있었다.

"와……."

공터 뒤로 펼쳐진 야경에 나는 할 말을 잃었다.

"……우리가 사는 곳이 이렇게 예쁘다니."

벤치에 앉은 언니가 중얼거렸다.

"더 많이 찾아보자. 나, 더 보고 싶어."

언니의 실루엣이 내 쪽을 돌아보는 게 느껴졌다. 캄캄해서 표정은 하나도 보이지 않았지만, 언니는 분명 함박웃음을 짓고 있었을 것이다.

그 한 번의 경험으로 여태까지 고생스러웠던 기억이 모두 날아갔다. 내가 생각해도 참 단순하다 싶었다. 그래도 앞으로 보게 될 경치를 생각하면 역시나 가슴이 두근거렸다.

하지만 우리의 모험은 예고도 없이 끝나버렸다.

언니의 병 때문에.

아무래도 상관없었다.

이사의 번거로움도,

새 학교에 적응하는 일도,

저녁으로 인스턴트나 냉동식품만 먹어도,

언니랑 있으면 모두 즐거운 추억이 될 테니까.

"사라, 아침밥 두고 갈 테니 빵이라도 꼭 먹어야 한다."

그렇게 말하며 삼촌이 현관문을 닫고 나가는 소리에 나는 눈을 떴다.

외톨이한테는 너무 넓은 방이었다. 퇴원했다면 언니가 썼을 이층 침대 위에서 나는 이불에 얼굴을 파묻은 채 아직 희미하게 남은 언니의 체취를 맡으며 안도했다. 망자가 가장 먼저 잊히는 게 냄새라고 한다. 이 냄새를 맡을 수 없게 되면 나도 죽겠지, 하는 자기 파괴적인 생각에 취해 있으면서도 어김없이 배는 고파왔다.

"……배고프다."

그렇게 3일 만에 방문을 열고 나가려다 뭔가에 부딪혔다.

"이게 뭐지?"

내려다보니 자그마한 종이상자가 발밑에 놓여 있었다.

나는 쭈그리고 앉아 상자를 열어보았다. 상자 안에는 표지마다 유성펜으로 덩그러니 숫자만 적어둔 노트 몇 권이 들어 있었다. 펼쳐보니 언니가 입원 중에 써놓은 일기였다.

사람들이 열어준 환영회, 시설을 안내받다 온실을 발견한 일, 여름 동백나무를 정원에서 키우게 된 일 등 노트에는 언젠가 온실에서 들은 내용이 적혀 있었다.

나는 과거의 기억을 더듬듯 일기를 읽어나갔다. 그 순간만큼은 언니와 온실에서 이야기를 나누던 때로 돌아간 듯했다.

하지만 손에 통증이 심해지기 시작하고 검사 결과가 안 좋아졌다는 내용이 적힌 이후부터 분량이 눈에 띄게 줄어들었다.

나는 눈물을 글썽이며 계속 읽어나갔다. 하지만 실은 거의 읽을 수 없었다.

눈물에 가려 글자가 보이지 않기도 했고, 일기에 적힌 글씨가 더 이상 글씨의 형태가 아닌 탓이기도 했다. 하나같이 삐뚤빼뚤하고 휘갈겨 쓴 듯했다. 당시 언니의 병세가 일그러진 글자에 그대로 드러나 있었다.

하지만 나는 계속 읽어야 했다. 확인해야 했다.

드디어 도달한 마지막 페이지. 나는 떨리는 손으로 일기장을 넘겼다.

멋대로 힘든 부탁해서 미안해.

사라야 사랑해, 고마워.

날짜조차 없고, 삐뚤빼뚤 휘갈겨 쓴 글자.

이걸 쓰는 데 얼마나 오랜 시간이 걸렸을까.

얼마나 아픔을 참아야 했을까……. 얼마나 기뻤을까.

시야가 일그러졌다. 더는 앞도 보이지 않았다. 나는 그 자리에서 무너졌다.

"미안해……. 언니, 미안해……."

언니가 살았었다는 증거를, 내 죄를 끌어안고 나는 울음을 터뜨렸다. 하지만 끝없이 오열과 참회를 쏟아낸들 누구에게도 가닿지 않았다.

울다 지쳐 의식이 몽롱해졌을 때쯤, 문득 의문이 들었다.

나는 왜 울고 있는 걸까? 전부 다, 나 때문인데.

실망도 낙담도 아니었다. 그런 감정은 아주 오래전에 사라졌다.

남는 건 분노밖에 없었다.

그때 내가 그림을 그렸다면 적어도 후회 없이 언니를 보낼 수 있지 않았을까. 오히려 언니한테 정신적으로 좋은 영향을 줘서 조금이라도 더 함께 지낼 수 있지 않았을까.

너무 뒤늦은 후회였다. 그 얄팍함에도 화가 치밀었다.

하지만 극한의 분노는 오히려 사람을 냉정하게 만드는 법이다. 분노를 가라앉히기 위해 뇌는 모든 수단을 마련한다.

해결책은 당연히 언니가 부탁한 그림을 완성하는 것이지만, 그게 무리라는 사실도 알고 있었다.

나는 사람 얼굴을 보지 못한다. 아무리 애를 써도 제대로 그릴 수 없다. 누군가가 안대라도 써준다면 얼굴 외에는 그릴 수 있을지도 모르지만, 그 누군가가 없었다.

현실이 부풀어 오른 분노를 급속히 잠재우자 다시 허기가 밀려왔다. 하는 수 없이 다 식은 아침밥을 먹으려고 부엌으로 갔을 때, 삼촌이 차려놓은 식사 옆에 전고제 특집이라고 쓰인 종이가 눈에 들어왔다.

"⋯⋯전고제."

그건 나와 학교와의 연결고리를 유지하기 위해 삼촌이 학교에서 받아 온 미술 홍보지였다. 동문이 만든 홍보지에는 최근 몇 년간 전고제에 출품된 작품의 모티프 변천사나 기법, 그해 출품된 작품 목록이 실려 있었다. 그리고 홍보지 표지에서 뜻밖의 이름을 발견했다.

"⋯⋯사하라, 유키?"

운명이라고 생각했다. 동시에 언젠가 언니가 했던 말도

떠올랐다.

'유키가 아직도 너 신경 쓰던데? 이젠 뭐든지 가르쳐 줄 수 있으니까 한 번 더 만나봐.'

극한의 분노는 오히려 사람을 냉정하게 만드는 법이다. 분노를 가라앉히기 위해 뇌는 모든 수단을 마련한다.

비록 그가 언니한테 특별한 사람이라 해도.

비록 최악의 만남으로 끝난 상대라 해도.

나는 그날 삼촌에게 전학을 보내달라고 말했다.

"사하라 유키를 만나고 싶다고?"

"네. 초등학교 때 그림 교실을 같이 다닌 적 있어요."

학교 상담교사인 기타니 선생님이 실질적인 내 담임이었다.

그는 내 사정을 고려해 학생 지도실로 개별 등교할 수 있도록 배려해 주고, 성적과 출석 일수도 편의를 봐주었다. 이정도로 학생을 살뜰히 챙기는 분이라면 분명 유키를 만나게 해줄 거라고 생각했다.

"……아, 그렇구나."

"안 믿는다는 목소리네요. 그럼, 유키의 신상 정보를 말해볼게요. 생일은 8월 31일, 혈액형은 O형, 싫어하는 음식은 매실장아찌예요."

"아, 아니, 아니, 안 믿는 게 아니라……. 그건 그렇고 매실장아찌를 싫어하는구나."

기타니 선생님은 음, 하며 고민스러운 듯 신음하더니 "그래, 뭐"라고 중얼거렸다.

"그럼, 오늘 방과 후에라도 오라고 할게. 4시 반 정도면 되겠지?"

"알겠습니다."

그리고 약속한 시각이 됐다.

멀리서 동아리 활동이 한창인 학생들의 떠들썩한 목소리가 들려오는 가운데 노크 소리가 울렸다.

문이 열리고 그가 들어왔다. 나는 문을 잠가달라고 부탁하고는 유키가 있는 쪽을 돌아봤다.

"기타니 선생님한테 얘기 들었겠지만……, 오랜만이에요. 유키 군."

그렇게 나는 사하라 유키와 재회했다.

✿ ✿ ✿

"이왕 할 거면 유기 군이 찍소리도 하지 못하게 제대로 그려주겠다고 마음먹었어요. 그 옛날 자기가 흉봤던 애인 줄은 꿈에도 모른 채 이번에는 제대로 칭찬하게 만들어야지 하고."

사야카의 유품인 여름 동백꽃 머리핀을 만지작거리며 사라는 야릇한 미소를 지었다.

"그러니까, 유키 군이 제 그림이 좋다고 말한 순간, 복수는 끝난 거예요. ……더할 나위 없는 완벽한 복수였죠."

독선적이고 제멋대로지만 누구도 상처 입히지 않는 복수극.

유키가 그 진실에 도달함으로써 복수극은 멋지게 마무리됐다.

현기증이 일었다. 당했다는 건 이런 때를 두고 하는 말이다.

"나도 언제 한번 사람을 착각할 수도 있겠다 싶기는 했지만……. 설마 사야카 동생 사라를 못 알아볼 줄은."

8년 전, 그림 교실에서 딱 한 번 불렀던 이름.

가장 먼저 알아봐야 할 상대였는데.

"언니의 상징이었던 머리핀을 한 데다 나이도 속이고 6년 만의 재회라고 우겼잖아요. 안 그래도 얼굴 분간이 안 되는데 알아보는 게 더 이상하죠."

"그래도 끝까지 연기를 완수했다는 게 대단해."

"완수한 것도 아니에요. 이렇게 들켰잖아요."

"그럼, 복수가 끝났을 때 바로 떠나지 그랬어? 그랬으면 사야카 동생이라는 게 들통나지도 않았을 텐데."

사라가 지금 전학을 가려 하는 건 사야카를 연기했다는 사실을 들켰기 때문이다. 그렇다면 차라리 유키를 그린 직후 학교를 옮기는 게 더 낫지 않았을까? 축제 포스터도 유키의 그림을 완성하고 나흘 뒤에야 나온 얘기라 딱히 학교에 남은 미련도 없었을 텐데.

"……그걸 꼭 말로 해야 알겠어요?"

"무슨 공공연한 비밀이라도 있는 것처럼 말하는데 난 정말 몰라."

유키가 솔직하게 대답하자 사라는 울음을 터뜨릴 것 같은 표정을 지으며 진심을 고백했다.

"유키 군을 좋아하게 됐으니까요."

②

처음에는 그냥 이용할 생각이었다. 남의 그림을 비웃는 사람이 좋아질 리 없었다. 애초에 좋다는 둥 싫다는 둥, 그런 감정은 생각도 하지 않으려 했다. 그런데…….

'소중한 사람일수록 깊은 얘기는 묻지 않으려고.'

유키가 했던 말이 혼자 방에 틀어박혀 있으면서 나약해진 내 마음을 계속 흔들었다.

'이런 저랑 처음부터 다시 친해질 수 있겠어요?'
'둘 다 변한 건 마찬가지니까 처음부터 다시 친해질 수밖에 없어.'

유키는 내가 그토록 듣고 싶어 했던 말을 해주었다.

'너 자신부터 챙겨!'

그때 유키는 진심으로 화를 냈다.

'그러니까 날 위해서 그려줘. ……그게 내 바람이야.'

그 부탁은 내게 저주가 되고 말았다.

좋아하지 않을 수가 없었다.
"하지만 좋아하면 안 됐어요. 유키 군이 말을 건 사람은

'미스미 사야카'지 '내'가 아니니까요. 나는 어디에도 없는, 얼굴 없는 존재니까요."

머리로는 알고 있었다. 소소한 날들의 추억을 가슴에 묻고 들키기 전에 가짜는 얼른 사라져야 한다고.

하지만 날이 갈수록 유키에 대해 알고 싶은 마음이, 그리고 알아갈수록 좋아지는 마음이 커졌다.

결국 그 마음이 백지가 된 유키의 과거와 자기 안면 실인 증이라는 진상을 밝혀내기에 이르렀다. 그리고 내 거짓말이 드러나는 계기가 되기도 했다.

"사실은 축제에도 안 올 생각이었어요. 유키 군이 날 볼 수 있게 되면 더는 여기에 있을 수 없으니까요."

"……그래도 여기 있는 이유는?"

"더 이상 도망치고 싶지 않았어요."

유키의 질문에 나는 웃으며 대답했다.

"누군가를 속인 채 도망치고 후회만 하며 살기는 싫었어요. 그럴 바에는 제대로 부딪히고 미안하다고 사과하고, 맞든 욕을 먹든 어떻게든 대가를 치르고 싶었어요. 그리고 무엇보다—"

무엇보다도 간절했던 그 저주를 입에 담았다.

"역시 유키 군의 그림이 보고 싶었어요."

"이게 저, 미스미 사라가 미스미 사야카를 사칭한 이유의 전부예요. 지금까지 속여서 정말 미안해요."

해가 완전히 저물어 남색으로 물든 하늘을 등진 채 사라는 고개를 숙였다.

눈을 깜빡이면 순식간에 사라져 버리지 않을까, 위축된 그녀의 모습을 보며 유키는 그런 예감이 들었다.

운동장 쪽에서 곧 캠프파이어 점화식이 시작되니 장작에서 물러서라는 안내 방송이 흘러나왔다. 주의를 환기해 소란을 잠재우려는 의도인 듯했지만 아이들 목소리는 더 커질 뿐이었다.

그러는 와중에도 사라는 계속 고개를 숙이고 있었다. 눈을 깜빡여 봐도 살랑대는 밤바람이 두 사람 사이를 지나가도 꼼짝하지 않았다. 그 자리에서 자신이 치러야 할 '대가'를 기다리고 있었다.

그래서 유키는 사라의 바람을 들어주기로 했다.

"……그렇게 미안하다면 한 가지 부탁을 들어줬으면 하는데."

사라가 고개를 들고는 아무 말 없이 유키를 응시했다.

유키는 심호흡을 한 번 하더니 입을 열었다.

"미스미 사라, 사귀어 줄래?"

순간, 사라의 눈동자가 흔들렸다.

초승달이 뜬 어두컴컴한 밤하늘에 유일하게 빛나는 별처럼 검은 눈동자가 빛을 발했다.

"……목적어가 빠졌어요. 누구랑 사귀어 달라는 거죠?"

"나랑 사귀어 달라고 했어. 난, 네가 좋거든."

유키가 떨리는 목소리로 지체 없이 대답하자, 사라의 눈이 앞으로 쏟아질 것처럼 커졌다. 무언가를 찾는 듯한, 여기가 아닌 어딘가를 응시하는 듯한 모습이었다. 하지만 이내 정신을 차리고는 입술을 깨물며 말했다.

"유키 군이 좋아하게 된 건 제가 연기한 언니이지, 제가 아니에요. 유키 군은 어디에도 존재하지 않는 허상을 좋아하는 거라고요."

"허상이 아니야. 나는 미스미 사야카를 연기한 미스미 사라가 좋아졌어."

"그러니까 그건 내가 아니라……!"

거듭 부정하는 사라에게 유키가 말했다.

"너야. 누가 뭐래도 백지인 날 찾아내 준 건 너라고."

"……!"

"너는 날 위해 움직여 줬어. 다시 붓을 잡아달라고, 그게 힘들면 대신 죽여주겠다고 했어. 그런 '네가' 보고 싶었어."

유키는 이어서 말했다.

"다른 사람을 연기했다고 해서 네가 아닌 건 아냐. 뭐가 됐든 너는 너야. 설령 그림을 그만두더라도, 주름투성이 할머니가 돼도, 다음 생에 무엇으로 태어나든, 어떤 모습이든 난 널 좋아할 거야."

허점투성이인 유키를 놀리며 즐거워하다가도 그림을 대할 때면 진지하고 고독해지다가, 정작 혼자일 때는 뒷걸음질 치며 눈물을 흘렸다. 그게 미스미 사라라는 소녀다.

지금도 울고 있었다. 그녀는 울면서 고개를 가로저었다.

"전 모르겠어요."

"……뭐가?"

"언니를 두고 내가 행복해져도 되는 건지."

사라의 고백에 유키는 가만히 귀를 기울였다.

"이제 더는 눈을 감아도 자책하지 않아요. 하지만 그 대신 언니가 절 보고 있는 것 같은 기분이 들어요. 언니가 어떤 표정을 짓고 있는지 모르겠어요. 그래서……, 그게 두려워요."

사라는 떨리는 몸을 양팔로 감싼 채 눈물을 흘리며 속내를 털어놨다. 자신이 내뱉은 말의 무게에 짓눌린 듯 몸을 웅크렸다. 유키는 그런 사라를 말없이 안아주었다.

자신의 품속에서 흐느끼는 사라에게 유키는 속삭이듯 물었다.

　"내가 준 그림, 아직 갖고 있어?"

　사라는 코를 훌쩍이며 주머니에 손을 집어넣어 작게 접어둔 종이쪽지를 꺼냈다. 부적 대신에 늘 지니고 다녔던, 자신의 얼굴이 그려진 종이.

　종이를 건네받은 유키는 사라를 데리고 근처 벤치로 자리를 옮겼다.

　유키는 가방에서 노트를 꺼내 벤치에 깔더니 그 위에 종이를 올리고 인물화를 지우개로 지우기 시작했다.

　"아니, 왜……!"

　비명에 가까운 소리를 내며 말리려는 사라의 손을 유키가 붙잡으며 말했다.

　"나 이 그림 다시 그려야 해. 그러니까 조금만 기다려."

　"다시 그리다니, 뭘……."

　당황한 사라를 두고 유키는 지우개로 지운 그림 위에 연필을 갖다 댔다. 머뭇거리지 않는, 거침없는 손길. 옆에서 바라본 그는 엷은 미소를 짓고 있었다. 사라가 넋을 잃고 그 모습을 바라보는데 갑자기 유키가 연필을 움직이던 손을 멈췄다. 예상보다 훨씬 빨리 끝났다.

　"다했다."

유키가 완성한 종이를 사라에게 내밀었다.

조심스레 종이를 받아 든 사라는 숨을 삼켰다.

"언니……."

옆모습이라 표정이 보이지 않았던 그림 속 주인공이 자신을 바라보고 있었다.

자신을 보며, 활짝 웃는 얼굴로 손을 흔들고 있었다.

마치 좋은 곳으로 가는 자신을 배웅하는 것처럼.

"잘 다녀와"라는 목소리가 들리는 듯했다.

"나는 사야카를 그릴 생각이었어. 하지만 그 사람은 사야카가 아니었지. 그래서 이번만큼은 제대로 사야카를 그려야겠다고 생각했어."

유키는 그림 속, 지금은 볼 수 없는 한 사람을 생각했다.

"하지만 나는 사야카가 어떻게 자랐는지 모르잖아. 그래서 그렸어. 이럴 때, 사야카라면 어떻게 했을까 상상하면서."

어렴풋한 기억과 상상력을 동원해 완성한 그림은 색도 없고 선도 조악해서 사야카를 아는 사람만 알아볼 수 있었다. 하지만 온갖 슬픔과 동경과 영감을 물감 삼아 완성한 유키의 세계에서 사야카는 분명히 살아 숨 쉬고 있었다.

그리고 방금 사라의 세계에도 추가되었다.

"사라도 잘 모르겠을 때는 그림을 그려봐. 화가 난 사야카도, 슬퍼하는 사야카도, 웃고 있는 사야카도. 눈으로 본

것만이 아니라 상상한 걸 그려도 상관없어. 오히려 그게 그림의 묘미니까."

유키는 고개를 들어 사라를 향해 웃어 보였다.

"나는 그 모습을 옆에서 보고 싶어. 가능하다면 계속. ……안 될까?"

유키의 물음에 사라는 고개를 숙인 채, 살며시 끄덕였다.

"……정말 저라도 괜찮아요?"

언제 어디선가 들어본 듯한 질문에 유키는 자기도 모르게 입꼬리를 올렸다.

"좋다고 했잖아. 아니, 너 아니면 안 돼."

언제 어디선가 들어본 듯한 대답에 사라가 슬며시 어깨를 떨었다.

"저는 제멋대로에다 성가시고, 덜렁대는 성격이라 손도 많이 가요."

"괜찮아. 나도 마찬가지야."

사라가 고개를 들었다.

눈물이 그렁그렁한 눈동자에 연분홍 입술, 그리고 표정까지 아주 또렷하게 보였다.

"다시 한번 말할게. 난 네가 좋아. 그러니 나랑 사귀어 줄래?"

"……네."

와아, 하는 함성이 유난히 크게 들려 둘러보니 캠프파이어가 시작되고 있었다. 주위에서 몇몇 커플이 포크댄스를 추기 시작했다.

그 모습을 본 유키의 가슴속에 또 하나의 충동이 일었다.

"소원 이루어진 김에, 소원 하나만 더 말할게."

"……춤추는 법 알아요?"

그의 의도를 읽은 사라가 먼저 질문을 던지자 유키는 자리에서 일어나 사라를 향해 손을 내밀었다.

"몰라. 네가 알려줬으면 좋겠어."

지금이라면 무엇이든 할 수 있을 것 같다고, 유키가 웃으며 말하자 사라는 아무 대답도 하지 않았다.

대신 얕은 한숨을 내뱉고는 어깨를 으쓱했다.

—— 그리고 그의 손을 잡았다.

다시, 함성이 들려왔다.

포크댄스 무리 속에 갑작스레 두 개의 그림자가 나타난 것이다.

두 그림자는 코끝이 닿을 만큼 가까워졌다가 손가락 끝이 겨우 닿을 정도로 멀어졌다.

그렇게 스텝을 반복하고 또 반복하며, 어느 쪽도 아닌 서로를 바라보며 미소 지었다.

얼굴이 없지도, 백지가 되지도 않은 소년과 소녀가 그저 행복하게 춤을 추었다.
밤이 깊도록, 언제까지고 계속 춤을 추었다.

소중한 건 주의를 기울이지 않으면, 설령 주의를 기울였다고 해도 금방 잃어버립니다.

잃어버리면 큰일입니다. 잃어버렸다는 사실 자체도 큰일이겠지만 상실감이 정신에도 영향을 미치거든요. 다음에는 나도 사라지는 게 아닐까, 혹은 나란 사람은 사라져도 상관없는 하찮은 존재가 아닐까 하는 쪽으로 생각이 기울기도 합니다. 저도 그랬습니다. 지금도 그럴지도 모르고요. 다만, 그래도 어떻게든 될 거라는 말을 하고 싶어서, 여러분이 웃었으면 하는 바람으로 이 이야기를 썼습니다.

작가의 말을 읽고 계신 여러분이 누구인지, 어떤 상황에 놓였는지 저는 모릅니다.

그저 저는 여러분이 이 이야기를 읽으며 감회에 젖었으면 합니다. 하지만 서점에서 무심코 작가의 말부터 읽는 분도 계실 것이고, 이야기가 전혀 와닿지 않아 작가의 생각만이라도 알고 싶어서 작가의 말을 읽는 분도 계시겠지요. 그래도 상관없습니다. 제 책을 선택해 주신 것만으로도 저는 기쁩니다.

그래도 바라건대, 10년 후 서점이나 부모님 방, 도서실이나 도서관의 다소 허름한 선반에서 이 책을 발견한 여러분도 재밌게 읽을 수 있었으면 합니다. 제 이야기가 그런 작품이 되길 바랍니다.

감사 인사를 드려야 할 분이 많습니다.

담당자 K님, M님. 곁에서 도와주신 Y님. 계속 헤매던 저를 포기하지 않고 도와주셔서 정말 감사합니다. 또 기회가 생긴다면 그때는 정말 제대로 써보고 싶습니다.

일본판 표지 일러스트를 맡아주신 하기모리 지아 님. 훌륭한 일러스트 정말 감사합니다. 처음 일러스트를 받았을 때, 남녀 주인공이 이런 얼굴이었구나 하는 생각에 묘한 감상에 젖기도 했습니다. 운명처럼 데뷔작 표지를 하기모리 지아 님의 일러스트로 채울 수 있다는 사실에 감개무량합니다.

그 외에도 미처 제가 다 알지 못하는 많은 분의 도움을 받았습니다. 해외 출판을 포함해 모든 관계자 여러분께 감사를 표합니다.

더불어 사적으로 제 고민을 들어주고 격려를 아끼지 않아준 고깃집 모임 멤버들이나 잠시 짬이 났을 때 함께 시간을 보내준 친구들. 그간 저를 지탱해 준 가족에게도 고마움을 전합니다.

그리고 무엇보다 이 작품을 선택하고 읽어주신 여러분께 감사의 말을 전하고 싶습니다.

여러분이 읽어주신 이 이야기는 이제 여러분 세계의 일부가 될 것입니다.
부디 그 연장선상에 여러분의 발자국이 계속되기를 바랍니다.
그래서 제가 쓴 작품으로 언젠가 여러분과 다시 이어지기를 바랍니다.

보지 못하는 너에게,
보이지 않는 내가

초판 1쇄 발행 2024년 4월 25일
초판 4쇄 발행 2024년 8월 12일

지은이　　니노마에 아키라
옮긴이　　박정아

책임편집　안희주
디자인　　어나더페이퍼
책임마케팅　김서연, 김예진, 김소희, 김찬빈, 박상은, 이서윤, 최혜연, 노진현, 최지현
마케팅　　유인철
경영지원　백선희, 권영환, 이기경
제작　　　제이오

펴낸이　　서현동
펴낸곳　　㈜오팬하우스
출판등록　2024년 5월 16일 제2024-000141호
주소　　　서울시 강남구 테헤란로 419, 11층(삼성동, 강남파이낸스플라자)
이메일　　info@ofh.co.kr

ⓒ 니노마에 아키라

ISBN 979-11-93358-87-0 (03830)

모모는 ㈜오팬하우스의 출판브랜드입니다.